KB039769

언제쯤
모든 걱정을
멈출 수 있을까

언제쯤
모든 걱정을
멈출 수 있을까

권서희 지음

마음을 주는 게
서툰 당신에게

자화
상

프롤로그

2020년 봄, 전 세계가 몸살을 앓고 세상이 달라졌다. 참 걱정할 것이 많은 해였다. 소소한 행복에 기대어 살아야만 했던 현대인은 소소한 행복마저 누리지 못하게 되었고 언제 끝날지도 보이지 않는 이 답답함 속에서 그저 버텨야만 했다. 하루하루 어떻게 살아나가야 할지, 미래를 어떻게 꾸려나가야 할지 걱정이 태산이지만, 어떻게든 살길을 찾아보려 한다. 많은 사람이 그러고 있을 테니까.

어려움이 지속되면서 힘들고 지치기도 했지만, 관계를 재정비할 수 있었던 귀한 시간이기도 했다. 혼자 있는 시간이 많아지면서 내 삶에 소중했던 사람들의 얼굴을 한 번씩 생각해보게 되었다. 경치 좋은 장소에서 함께 담소를 나누었던 나날이 얼마나 큰 행복이었는지도 깨우쳤다. 아쉬운 대로 연락을 통해 그때의 추억을 회상하며 다음에 만날 날을 기약했다.

그동안 바삐 흘러가는 일상에 치여 돌아보지 못했던 사람들에게 그리움을 표현하며 사랑을 전했다. 어려운 상황을 핑계로 더는 만나지 않게 된 사람들도 있다. 상황이 나아지는 대로 얼른 만나자는 그 쉬운 연락조차 주고받지 않고 당연하게 멀어진 사람들. 언제 끊어져도 이상하지 않은 관계였던 사람들이 웬만큼 정리됐다.

관계는 물러서 변하기 쉽다. 뜨겁게 사랑을 가하여 단단히 만들어야 한다. 사랑을 얼마나 가하느냐에 따라서 형태가 달라진다. 너무 적게 가해서도 너무 많이 가해서도 안 된다. 많은 사람이 관계를 어려워하고 끊임없이 걱정하는 것은 형태가 변하지 않을 정도의 적당함을 찾기 어려워서가 아닐까.

이러한 어려움은 비단 관계에만 해당하지는 않는다. 내 삶도 마찬가지다. 나 또한 무른 사람이기 때문에.

세상에 무른 것이 너무 많아서 오랜 세월 걱정하며 살아왔다. 내가 바라보고 있는 것들이 변해버릴까 봐. 일어나지도 않은 일들을 미리 걱정하느라 지금 당장 주어진 일들과 행복에 집중하지 못했다.

걱정을 사서 하는 사람이었다. 왜 그리 일찍부터 걱정하며 괴로워했는지 모르겠다. 걱정하는 일들은 내 걱정이 무색하게, 대비할 겨를도 없이 예기치 않게 찾아오곤 했는데 말이다.

수많은 걱정을 하며 책을 쓰기 시작했고 프롤로그를 적는 이 순간에도 걱정하고 있다. 지금 내 곁에 있는 몇 없는 사람들과 멀어지게 될까 봐, 내 귀한 꿈이 먼지처럼 날아갈까 봐, 언젠간 글에 대한 열정이 사그라들까 봐. 아직도 여러 걱정이 마음속을 헤집고 다니지만, 걱정을 멈추는 연습을 해보고 싶다. 걱정에 시간을 투자할 만큼 인생은 길지 않다.

전 세계의 걱정쟁이들에게 이 책을 바친다. 그들이 걱정을 멈출 수 있기를 소망한다. 우리는 분명 잘 이겨낼 것이다.

권서희

하나 사람 때문에 힘들어하면서도
사람 없이는 못 사는 우리

둘 전보다 훨씬 행복하게
전보다 더는 후회 없이

하나 | 사람 때문에
힘들어하면서도

사람 없이는
못 사는 우리

먼저 떠나간 것은 너의 마음인데
내가 먼저 떠나가야 하는 꼴이 안타까웠다.

운명

　　　　　　　　겨울 사이에 말라버린 나무의 잎과
가지를 엄마가 가위로 잘라냈다. 사랑으로 몇 년을 키웠
던 나무. 나는 물 한 번 준 적도 없었는데, 괜히 아쉬워졌
다. 이번 겨울은 상당히 춥더라니 결국 이겨내지 못했구
나. 그 상태로 한동안 놔뒀다.

　그런데 추위가 어느 정도 가고 포기했던 나무에서 갑
자기 잎사귀 몇 장이 나왔다. 그것을 시작으로 금방 무성
해졌다. 분명 누가 봐도 희망 없는 나무였는데.

나를 지나간 사람이 그리워질 때마다 생각했다. 우리가 운명이었다면 한겨울에도 기어코 살아남았을 것이다. 우리는 정말 아니었던 거다. 겨우 그 정도의 시련도 이겨내지 못한 우리라면 그때가 아니어도 언젠간 끝났겠지.

사람 때문에
힘들어하면서도

사람 없이는
못 사는 우리

우리 사이의
이런 평범함

서로 아무 말 하지 않고 있어도 그 분위기가 어색하지 않은 것. 나는 그것으로 그 사람과의 친밀도를 결정한다. 동네에서 놀면 딱히 무언가 하지 않아도 마음이 편안하듯, 별다른 대화를 하지 않아도 편안한 사람이 있다.

올해로 벌써 17년 지기인 친구를 만났다. "너 같은 남자 어디 없냐."라는 말을 수시로 할 정도로 가치관이 비슷하고 편안한 사이다. 오랜 시간 함께 지내며 성장해왔다 보니 특별히 맛있는 것을 먹으러 가지 않아도, 멋있는 곳을 가지 않아도 재미있다.

각자 바쁜 일상에 몇 개월 만에 겨우 만났는데도 어제 만난 것처럼 편하다. 그냥 밥 먹고 카페 가고, 집에 가려던 중에 배가 고파서 함께 가던 편의점에 갔다. 학생 때 집처럼 들락날락하던 그 편의점. 성인이 되면 자연스럽게 편의점에 가지 않게 될 줄 알았는데 여전히 몸이 먼저 편의점을 향한다.

우린 만나면 다른 편의점도 아니고 꼭 그 편의점에 갔지. 가끔 우리 자리가 없는 날이면 괜히 섭섭해하기도 했는데….

잊고 있던 옛 추억들이 하나씩 열리는 우리만의 소중한 공간. 오랜만에 만나서 지극히 평범한 하루를 보냈지만 나는 우리 사이의 이 평범함이 좋다. 어디서 만나도, 언제 만나도 편안한 우리가 좋다.

사람 때문에
힘들어하면서도

사람 없이는
못 사는 우리

지금이,
정말 좋은 걸까

"헤어지면 남보다도 못한 사이가 된다는 게 슬프다."

얼마 전에 애인과 헤어진 친구가 허탈하게 웃으며 말했다. 그러게, 슬프고 잔인한 일이다. 내 일과를 가득 채우고 있던 사람이 나와 평생 관련 없는 사람이 된다는 건.

나는 그래서 사랑을 시작하는 게 두렵다. 사랑했던 사람과 남보다도 못한 사이가 될 자신이 없다. 잠깐의 행복을 누리겠다고 그런 아픈 일을 감수할 자신이 없다.

사랑하는 사람이 없는 것보다 사랑하는 사람과 헤어진 후 남보다도 못한 사이가 되는 게 더 두렵다. 사람과 헤어지는 것이 싫어서 사람을 만나는 게 싫다. 누군가를 보내는 게 두려워서, 사랑하는 사람이 없는 지금이 좋다고 거짓말할 때가 많았다.

사람 때문에
힘들어하면서도

사람 없이는
못 사는 우리

인연

요즘에 사람을 못 만나서 우울하
다던 친구를 만났다. 원래 우울하단 이야기를 잘 안 하
는 친구인데, 무슨 일이 있는 걸까. 자기가 밥 사주겠다
고 애원을 하다시피 해서 급하게 잡은 약속이었다. 사람
을 못 만나서 우울하다니. 혼자 있는 걸 좋아하는 나로서
는 이해가 잘 안 되긴 했다. 친구는 학교 얘기, 나는 취업
얘기를 하면서 각자 얼마나 힘들었는지에 대해 나누다가
카페에 갔다. 카페에서 친구가 문득 말했다.

"확실히 사람을 만나야 기분이 좀 나아져."

"그래? 나는 혼자 있어야 좋던데."

서로 조금은 다른 성격인 줄은 알고 있었지만, 대화를 하면 할수록 정반대의 성격임을 알게 됐다. 무엇으로 행복을 얻는지, 보통 무엇에 지출할 때 아깝지 않은지 등등 세세하게 전부 의견이 갈렸다. 갑자기 친구의 MBTI(성격 유형 검사)가 궁금해져서 각자 검사를 했는데 친구는 ESFJ 나는 INFP가 나왔다. 한 가지 빼고 다 반대되는 결과에 서로 한참을 웃었다.

"우리 이렇게 다른데 친구인 게 신기하다."

"그러게."

성격 유형은 정반대인데, 벌써 9년을 한 번의 다툼도 없이 유지해온 우리 인연이 새삼 신기해졌다.

하나 | 사람 때문에
힘들어하면서도

사람 없이는
못 사는 우리

관계에서
여유로워지기를

"너는 사람을 쉽게 잊는 편이야?"

언젠가 J에게 물었다. J는 그렇다고 했다. 지독하게 사랑했던 사람이라도 내 사람이 아니게 되면 속히 정리한다고 했다. 그리고 새로운 사람들과 다시 인연을 만들어 간다고 했다. 어쩐지. 평소에 J는 사람을 만나고 헤어질 때 여유가 있어 보였다. 실은 그 여유가 부러워서 한번 넌지시 물어본 거였다.

나는 잠깐 만난 사람에게도 쉽게 정을 주고, 한번 정을 주면 떼지 못해서 힘들어했다. 정 떼는 것을 잘 못한다면, 주는 것에 신중해야 하는데 그게 내 마음처럼 되지도 않았다.

얼마 전, 작년에 썼던 다이어리를 읽다가 "언제쯤 누군가를 보내는 것에 익숙해질까."라는 한 문장에서 그만 멈춰버렸다. 평생 익숙해지지 않을 수도 있겠다는 생각이 들어서.

매우 어려운 일이겠지만, 사는 동안 쉽게 정을 주지 않는 연습을 해보려 한다. 만남과 헤어짐에 여유로워지고 싶다.

하나　　　사람 때문에
　　　　　힘들어하면서도

　　　　　사람 없이는
　　　　　못 사는 우리

취향과 가치관이
비슷한 사람

언제부턴가 취향과 가치관이 비슷한 사람을 보면 반가운 마음을 넘어서서 그 사람과 가까워지고 싶은 마음이 든다. 내가 좋아하는 것을 함께 좋아해 달라고 하지 않아도 되고 같은 관점에서 삶을 바라보니 충돌하는 일도 적을 테니까. 사람을 사귀는 데 취향과 가치관은 매우 중요한 기준이다.

나를 이해하려고 노력하는 사람보다 같은 마음을 공유할 수 있는 사람에게 더 큰 마음을 주게 되었다.

우리는 모두
조금씩 부족하기에

해가 지날수록 인간관계는 좁아지고, 많은 사람에게 깊이 있는 이야기를 덜 하게 된다. 좋지 않은 이야기라면 더더욱. 어느 누구를 믿어서 내려놨던 고민이 모르는 사람의 입에 오르내리는 것을 몇 번 보았기 때문이다. 나의 힘듦이 누군가의 희망이나 이야깃거리가 되는 게 싫었다.

한때는 인간관계가 넓은 게 좋은 것인 줄만 알고, 모든 사람에게 잘 보이려 애썼다. 나를 최대한 내세우지 않고

사람 때문에
힘들어하면서도

사람 없이는
못 사는 우리

손해 보면서까지 힘든 관계들을 혼자 유지하려 들었다. 그런데 비로소 알게 된 것은 그럴 필요가 없다는 거다. 오랜만에 만나도 어색하지 않은 사이가 있고, 매일 만나도 불편한 사이가 있듯이 나의 노력과 상관없이 유지되는 인연이 있었다.

사람에게 기대하지 않기로 했다. 괜한 기대로 실망할 수 있고, 잘못하면 사람을 원망할 수도 있으니. 사람은 완전하지 않고, 제각각 다른 삶을 살아왔기 때문에 언제든 틀어질 수 있음을 기억해야 한다. 인간관계가 넓고 좁고는 중요하지 않다. 주변에 어떤 사람들을 뒀는지가 중요하다.

좋아하는 만큼
두려운

좋아하는 것에게서 도망치고 싶을 때가 많았다.

내가 그것을 끌어안고 살 수 있을까 자신이 없어질 때.

좋아하기에 혹시라도 상실하게 될 것이 두려운 것이다.

하나

사람 때문에
힘들어하면서도

사람 없이는
못 사는 우리

사랑 뒤에 남는
공허에 대하여

좋아하는 사람이 생긴다는 것도, 좋아하는 취미가 생긴다는 것도 얼마나 행복하고 설레는 일인지 몰라요. 그런데 동시에 걱정스러운 일이기도 해요. 무언가를 좋아하게 되면 그만큼 관심을 쏟게 되고, 나를 점점 주게 되거든요. 그렇게 나를 전부 쏟아냈는데 더 이상 좋아할 수 없게 되면 어떡하죠. 공허함 때문에, 혹은 상처 때문에 다시는 그 무엇도 좋아할 수 없게 되면 어떡하죠.

우리가 함께한
시간,
모두 안녕

우리 결국엔 다른 길을 걷게 됐지만 서로를 원망하지 말기로 해요. 누구의 길이 맞았고 누구의 길이 틀렸는지도 판단하지 말았으면 해요. 우리는 각자에게 어울리는 길을 갔을 뿐이니까요. 간혹 넘어지기도 했지만, 함께 걸었던 모든 시간이 즐거웠어요. 우리가 함께 걸었던 시간, 오래 기억해줘요. 이젠 정말 안녕이에요.

하나

사람 때문에
힘들어하면서도

사람 없이는
못 사는 우리

관계를
소화하는 법

끊임없이 새로운 사람들을 만나고 억지로 알아나가려 노력하는 것도 이제는 지친다.

인간관계에 단단히 부대껴 있다. 내 몸에 받지도 않는 음식을 꾸역꾸역 입에 넣고 소화시키려다가 체한 사람처럼.

타인에게
상처 주지 않는 연습

어제 있었던 일도 흐릿할 정도로 기억력이 좋지 않은 편이다. 그런데 어떤 것들은 오랜 세월이 흘렀는데도 선명하게 머릿속에 남아 있다. 이를테면 사람에게 받은 상처와 그 상처 속에 녹아 있는 뼈아픈 말. 상처는 원래 준 사람보다 받은 사람이 오래 기억한다고 했다. 그렇기 때문에 살면서 사람들에게 상처를 주지 않는 것이 중요하다.

입을 무겁게 해야 타인에게 상처 주는 말을 덜 하게

사람 때문에
힘들어하면서도

사람 없이는
못 사는 우리

될 텐데. 쉽지 않다. 특히 가까운 사람들에게는 어떤 말이든 쉽게 할 수 있어서 나도 모르게 상처를 주기도 한다. 하지만 조금만 조심하면 되는 부분이라고 생각한다.

특히 다툼이 있을 땐 감정이 앞서 선을 넘는 말을 하게 될 수도 있다. 그런 상황이 온다면 딱 그 상황만 바라보고 말할 수 있도록, 상대방에게 하려는 말을 내가 듣게 된다면 어떤 마음일지 먼저 생각해볼 수 있도록 노력해야겠다. 나의 과실로 자칫 상처받은 상대방이 그것을 평생 기억하며 살 수도 있으니까.

모순

애증 때문에 힘들다. 사랑하거나 미워하거나 제발 하나만 했으면 좋겠는데…. 둘 중 하나만 해도 버거운 감정인데, 사랑하면서도 미운 감정이라니.

당신을 다시 사랑할 자신이 없다. 밀어내는 것은 더 자신이 없다. 다시 사랑하기엔 우린 너무 흐려졌고, 밀어내기에는 아직 깊어서 그냥 지금의 상황이 고통스럽고 원망스러울 뿐이다.

다시는 마주치지 않았으면 하는 사람이 보고 싶다. 지

하나

사람 때문에
힘들어하면서도

사람 없이는
못 사는 우리

울 수만 있다면 지우고 싶은 그때가 그립다.

모순적인 마음이 나를 뒤흔든다.

균열

당신이라는 사람 자체를 미워한 적은 없었다. 그저 당신에게서 자주 보이는 미운 행동이 당신을 미워하게 만들었던 것뿐이다. 큰 문제는 대부분 작은 문제에서부터 시작된다. 가벼이 넘겼던 문제들이 쌓이고 쌓여서 어느새 커지고, 결국 모든 것을 무너트린다.

우리는 그렇게 무너졌다.

하나

사람 때문에
힘들어하면서도

사람 없이는
못 사는 우리

좋은 사람 곁에
좋은 사람이

       학원 OT 날이었다. 시간 계산을 잘 못하고 집을 나오는 바람에 첫날부터 지각을 했다. 맨 앞에서 두 번째 줄, 비어 있는 자리에 어색하게 앉았다. 학원 직원이 종이 한 장을 나눠주었다. 뛰어오느라 가빠졌던 호흡을 가다듬으며 종이에 적힌 내용을 읽기 시작하는데, 옆에 앉은 누군가가 어떤 식으로 쓰면 되는지 알려주었다. 솔직히 알아듣지 못했는데 낯을 가리는 성격 때문에 알아들은 척했다.

OT 후에 시간이 꽤 흘러 개강을 했고 그날은 일찍 도착했다. 시력이 좋지 않기 때문에 앞자리를 꼭 사수해야 했다. 강의실을 싹 둘러보니 OT 때 앉았던 두 번째 줄 자리가 비어 있었다. 혼자 앉아 있는 게 너무 어색해서 괜히 핸드폰만 만지작거리고 있는데, 누군가 물었다.

"여기 앉아도 돼요?"

첫날 같이 앉았던 그분이었다. 자기소개를 하는 중에 짝꿍의 나이를 알게 되었다. 언니일 줄은 짐작했지만 생각보다 나이 차이가 나는 편이었다. 쉽게 친해지지 못할 것 같았다. 나는 보통 나보다 나이가 많은 사람에게 주춤하곤 했으니.

학원을 다니기로 마음먹었을 때부터 혼자 지낼 생각이었다. 그래서 짝꿍과 대화도 나누고 점심도 같이 먹었지만, 학원 수업이 끝나면 인사만 하고 쏜살같이 나왔다. 어색하게 몇 마디 겨우 주고받으며 한 달을 지내고 나니 자연스럽게 서로가 좋아하는 것에 대해 이야기할 수 있게 되었다. 짝꿍이 추천해주는 영화와 음악을 보고 들으

사람 때문에
힘들어하면서도

사람 없이는
못 사는 우리

면서 취향이 어느 정도 겹친다는 것을 알게 되었다.

자격증 시험을 보기 하루 전날. 짝꿍이 아침부터 초콜릿 하나를 주었다. 초콜릿에는 내일 시험 잘 보라는 쪽지가 붙어 있었다. 뜻밖의 감동. 초콜릿도 고마웠지만 마음이 담긴 정성스러운 쪽지의 몇 마디에 감동을 받았다. 함께하는 시간이 길어지면서 우리는 더 많은 대화를 나눴다. 비로소 집에 같이 가는 사이가 되었다. 함께 영화를 보거나 카페에 가기도 했다. "학원 다니는 동안 마이웨이로 살 거야."라며 혼자 지낼 것을 소문내고 다녔던 나에게 소중한 인연이 찾아든 것이다.

금방 5개월이 지나 학원 과정을 수료했다. 수료 후에 통 연락을 하지 못했다. 서로 바쁜 일상을 살다가 언니의 취업 소식을 듣게 되었고 시간을 내어 금요일 저녁에 언니를 만났다. 근래 취업 걱정으로 조급하고 불안해서 되도록 약속을 잡지 않았는데, 언니를 만나니 그 어려운 마음들이 사라지는 듯했다. 저녁을 먹으며 나도 모르게 한숨을 쉬고 불안함을 드러내기도 했다. 언니도 직장에서 일하고 온 거라 지쳤을 텐데, 모든 얘기를 귀 기울여 들어주고 조언도 해주었다. 고마웠다.

좋은 사람만 곁에 둔 언니를 보고 '언니가 좋은 사람이어서 좋은 사람만 곁에 머무는구나.' 하고 생각했다. 주변에 있는 사람이 얼마나 중요한지를 새삼 느끼는 요즘. 정말 우연한 기회로 언니와 짝이 되어 친해지고 인연이 이어져서 감사하다.

사람과 사람이 가까워지는 데 나이는 중요하지 않다. 마음만 통하면 길이길이 이어지는 소중한 인연이 될 수 있다. 때로는 든든한 친언니 같고, 때로는 친구 같은 짝꿍을 통해 배웠다.

사람 때문에
힘들어하면서도

사람 없이는
못 사는 우리

용기를 낸
두 사람을 위해

　　　　　주말마다 챙겨보던 드라마가 종영했
다. 주말 드라마여서 그런지 매회 큰 사건이 터졌다. 드
라마 속 인물들은 서로를 오해하고 깊은 상처도 준다. 인
물들에게 감정이입을 하다 보면 울분이 치밀었다.

　결말은 예상하던 그대로였다. 어쨌든 드라마 속 인물
들은 오해를 풀고 화해를 한다. 헤어졌던 사람들은 수많
은 난관을 극복하고 다시 만나 사랑한다. 내가 바랐던 결
말은 아니었다. 나는 대부분 주인공들의 사랑을 응원해

왔는데, 이번 드라마는 주인공들이 서로를 잊고 잘 살아 가는 특별한 결말을 바랐다.

주변 사람들이 반대하는 사랑을 하며 번번이 눈물을 쏟고 그러면서도 그 사랑을 뿌리치지는 못하는 여자 주인공이 안쓰러웠다. 자존심도 없나. 바보 같았다. 둘의 간절한 마음을 이해는 하지만, 돌이킬 수 없는 상처를 받은 여자 주인공이 남자 주인공을 보내고 다시 새로운 사랑을 했으면 했다.

사랑은 사람을 바보로 만든다. 사랑 때문에 크게 아팠어도, 바보처럼 다시 그 사랑을 붙들게 된다. 주변 사람들이 훼방을 놓아도 아무리 상황이 힘들어도 사랑을 내려놓지 않는다. 그 사랑을 잡고 함께 흔들릴 뿐.

나는 항상 포기가 쉬웠다. 조금이라도 사랑에 금이 갈 것 같으면 깨지는 과정이 무서워서 그 사랑을 단번에 깨트렸다. 내가 드라마의 여자 주인공이었다면, 진작 그 사랑을 포기했을 것이다. 어떻게든 잊고 새 사랑을 시작했을 것이다. 하지만 그 모든 난관을 극복하고 다시 만난 그들은 그만큼 더 성숙하고 단단한 사랑을 하게 되었을지 모른다. 나는 그 둘을 응원하기로 했다. 용감하게 사

사람 때문에
힘들어하면서도

사람 없이는
못 사는 우리

랑했으니까.

　나도 언젠가는 용감한 사랑을 할 수 있기를 바란다. 어떠한 난관에도 포기할 줄 모르는 그런 사랑을…. 나는 아직도 사랑에 미숙하다.

떠나보내는
마음

　　　　글을 읽어주는 분들과 소통하고 싶
어서 잠시 열어둔 채팅방에 어떤 분이 이런 하소연을 했
다. "그 사람 없이도 저를 채워나갈 수 있으면 좋겠어요.
이제 그 사람 말고 저를 더 사랑하고 싶어요."

　사랑하는 사람들이 쉽게 하는 실수가 있다. 사랑하는
사람으로 나를 온통 채우는 것. 그 사람이 내 곁에 있을
땐 굉장히 큰 힘이 될 수 있긴 하다. 하지만 언제까지나
내 곁에 있을 거란 보장은 없으니까. 전부를 줄 정도로

사랑은 하되, 그 사람이 나의 전부가 되어서는 안 된다.

　슬픈 얘기이지만, 나는 아무리 사랑하는 사람이라도 언제든 보내줄 수 있도록 마음의 준비를 해놓는다. 몇 번의 헤어짐을 겪고 내가 덜 아프기 위해 터득한 일이다. 가능한 한 사랑하는 것을 많이 만들 것. 그럼 사랑하는 사람을 보내줘야 할 때 '사랑하는 것 하나쯤 없으면 어때.' 하고 보내줄 수 있지 않을까.

사람 때문에
힘들어하면서도

사람 없이는
못 사는 우리

그럭저럭
괜찮은 나날

너를 기다리는 시간이 길어지면서부터 보고 싶어도 보고 싶다는 말을 잘 안 했다. 보고 싶은 건 당연한 게 되어버렸는데, 볼 수 없는 것도 당연해져서. 그리움이 증폭될까 봐 참았다. 너 없이도 아무렇지 않게 살아야 했기 때문에 너의 흔적을 찾는 시간을 줄여 나에게 집중했다. 나는 생각보다 괜찮게 지내고 있다. 그러니 너도 나 없이 괜찮게 지내고 있기를. 보고 싶다는 말은 마음속에 가둬두었다가 만나는 날에 풀어주도록 하자.

더 나은 내가
되고 싶다는
마음이 들었어

좋아하는 사람에게는 좋은 모습만 보이고 싶어진다. 그 사람에게도 내가 좋은 사람이기를 바라니까.

당신 앞에만 서면 괜히 주눅 들곤 했었다. 다른 사람은 몰라도 당신에게는 절대 초라해지고 싶지 않았다.

그래서 나는 당신을 보면 언제나 열심히 살고 싶었다.

하나

사람 때문에
힘들어하면서도

사람 없이는
못 사는 우리

모든 건
변하기에

사랑하는 사람이 변하는 모습을 지켜보는 것만큼 마음 아픈 일이 있을까.

누구보다도 다정했던 사람이 무서울 정도로 차가워지고, 나의 사소한 것까지 궁금해했던 사람의 눈빛에 귀찮음이 가득하고, 또 언제 만나냐고 아쉬운 한숨만 푹푹 쉬었던 우리 사이에 어색하고 억지스러운 웃음이 오가고….

그 사람은 조금 특별한 사람이라고 생각했지만 결국 다른 사람들과 똑같은 사람이었음을 알게 되었을 때, 역시 사랑 같은 것은 덧없다고 또다시 사랑을 버리게 된다.

누군가를 사랑하는 데에는 큰 용기가 필요하다. 모든 사랑이 영원할 순 없고, 변하는 사랑이 마음 아파도 쿨하게 놓아줄 수 있어야 하기 때문이다.

사람 때문에
힘들어하면서도

사람 없이는
못 사는 우리

억지로 나를
누군가에게
맞추지 않기를

나를 싫어하는 누군가 때문에 마음이 쓰일 때 한 가지 생각해봐야 할 게 있다. 그 사람이 그냥 나라는 사람을 싫어하는 것인지, 내가 하는 특정 행동을 싫어하는 것인지. 단지 나의 특정 행동을 싫어하는 거라면 그 행동을 파악하고 고치면 되겠지만, 나라는 사람 자체를 싫어하는 거라면 무시하는 게 상책이다. 그 사람은 내가 어떤 행동을 하든 싫어할 테니까.

남아 있는
마음

가까워지는 건 참 오래도 걸렸는데
멀어지는 건 왜 순식간이었는지.

제일 많은 것을 주었는데 왜 남은 것 하나 없이 다 흩
어져버린 건지.

사랑이
자라는 방식

당신에게 상처 주는 말을 했던 그날, 나도 나대로 얼마나 마음이 답답했는지 모른다. 둥글게 말해도 되는 문제였는데 서운한 마음에 모난 말이 입 밖으로 나와버렸다. 말하자마자 바로 후회했다. 당신에게만큼은 다정한 이야기만 해주고 싶었는데.

원치 않는 말다툼을 하게 될 때 이것만은 알아줬으면 한다. 우리가 다른 사람들보다 훨씬 많은 대화를 나누고, 긴 시간을 보내기에 말다툼 한 번쯤은 있을 수도 있는 거

하나

사람 때문에
힘들어하면서도

사람 없이는
못 사는 우리

라고, 서로가 미워서 하는 말이 아니라 서운해서 하는 말이라고.

　사랑하는 사람일수록 기대하게 되고 그만큼 서운함을 느끼는 일도 잦다. 그러다 보면 자연스레 다투는 일도 생긴다. 사랑이 성숙해지는 과정이라고 생각하자. 오래 보자, 오래 사랑하자.

재회

우리는 아직도 하나의 끈으로 연결되어 있는 걸까. 얽혀 있던 끈을 제대로 끊지 않아서 시간이 지날수록 풀어지기만 할 뿐 결국 어떻게든 다시 만나게 되는 걸까.

여러 번을 얽히고 풀리면서 가늘어진 우리, 끊어지기 직전의 우리. 더 이상 얽히지 않기를 바라는 건 헛된 희망인 걸까. 끊어내야 끝일 것을 알면서도 끊어내기 싫은 마음. 끝이 두려워서 끊지는 못하고 온종일 얽힌 끈만 풀고 있다.

하나

사람 때문에
힘들어하면서도

사람 없이는
못 사는 우리

믿음

"나 이제 사람 못 믿겠어. 안 믿을래."

제일 신뢰하고 사랑했던 사람에게 배신을 당하고 온 K가 모든 것을 체념한 듯 말했다. 체념할 만했다. K가 그 사람에게 얼마나 의지했는지 옆에서 봐왔고 어떤 심정일지 누구보다 이해해서 상심하는 K에게 말해주고 싶었다.

그래, 우리 사람을 너무 믿지는 말자. 물론 아예 믿지 않고 살아갈 수는 없겠지. 어쩌면 배신당한 걸 또 잊고 믿음을 주는 일이 생길지도 몰라. 하지만 어쩌겠어. 그게 인생이고 그래서 힘든 건데…. 거짓말처럼 다시 누군가를 사랑하는 실수를 저질러 신뢰라는 것을 하게 된다면 이것만 간절히 바라자. 사랑 한번 해보겠다고 기꺼이 내건 나의 신뢰가 부디 버려지지 않게 해달라고.

사람 때문에
힘들어하면서도

사람 없이는
못 사는 우리

사랑이
의무가 될 때

우리의 관계에 조금만 더 신경 써달라고 하고 싶었는데 그러지 못했다.

관계도 의무적인 것이 되면 점점 시시해지고, 지치고, 싫어질 것 같았기 때문이다.

순수의
시절

　　순수하게 사람들을 알아나가고 내 삶에 들여놓던 때가 그립다. 이유 없이 한 사람이 좋아지기도 했던 그때가, 사람들과 조금이라도 어긋나면 속상해할 줄도 알았던 그때가 그립다.

　관계에서 다치는 일이 잦아지면서 어떻게든 나를 지키고자 사람들을 성급하게 밀어내게 됐다. 새로운 사람을 만나면 완전히 그 사람을 알아가기도 전에 내 멋대로 그 사람을 판단하고 거리를 두게 됐다. 모든 사람과 어떻

하나　　　　　사람 때문에
　　　　　　　힘들어하면서도

　　　　　　　사람 없이는
　　　　　　　못 사는 우리

게든 잘 지내보려고 애쓰며, 관계에 신경 쓰는 일이 두려워지고 귀찮아진 것 같다.

다가오는 사람들을 밀어내면서 다치는 일은 더 이상 생기지 않았지만, 처음으로 공허함이라는 걸 느끼게 됐다. 자꾸만 계산적으로 행동하고 시작도 전에 끝을 생각하는 내 모습이 미워서 자기합리화하기 시작했다. 예전에는 관계에서 넘어져 흉터가 생겨도 '그 사람은 그냥 내 사람이 아닌 거야.' 하고 훌훌 털고 다시 일어났다면, 지금은 넘어지는 것은 물론, 삐끗하는 것조차 싫어서 내딛는 발걸음에 신중해졌다.

순수하게 사람들을 알아나가고 내 삶에 들여놓던 때가 그립다. 그런데 정말 안타까운 사실은 이제 다시는 그때의 순수함을 완전히 되찾을 수 없다는 것이다.

조금 더
다정할걸

'그날이 마지막이 될 줄 알았으면 좀 더 다정하게
안아주고 왔을 텐데.
이렇게 보내게 될 줄 알았으면 모든 순간 솔직하
게 표현했을 텐데.'

자꾸만 아픈 그날을 뒤돌아보고 싶게
만드는 당신이다. 나는 여전히 당신이 서 있던 그 시간
에서 발을 떼지 못한다.

하나

사람 때문에
힘들어하면서도

사람 없이는
못 사는 우리

안부

       내 생일만큼이나 네 생일을 기다렸
다. 가장 자연스럽게 너에게 연락할 기회가 주어지는 날
이니까.

   〔생일 축하해! 좋은 하루 보내.〕

   가볍게 메시지를 보냈다. 매우 형식적으로 보이는 축
하 인사일지 몰라도 적어도 나에게는 많은 감정이, 의미

하나 | 사람 때문에
힘들어하면서도

사람 없이는
못 사는 우리

가 담겨 있는 인사다. 내 안부를 슬쩍 먼저 물어봐줬으면 하는 바람도 있다.

잘 지냈냐고 물어보는 너. 나름 잘 지내고 있었으나 잘 지내지 못했다고, 힘들었다고 하소연했다. 내가 어떻게 지냈는지 네가 알아줬으면 했던 건지, 너에게 마음을 기대보고 싶었던 건지 잘은 모르겠지만 너와의 대화를 그리워했다는 거 하나만은 확실했다.

내 이야기가 어느 정도 다 끝나갈 때쯤에 너의 안부를 물어봤다. 누구보다 열심히 들어주고 내 일처럼 공감해주려 애썼다. 네가 하는 이야기가 재미있기도 했지만, 너와 대화하는 게 그냥 좋았다. 오랜만에 주고받는 연락임에도 변함없는 너의 말투에 가슴 한구석이 몽글몽글해졌다. 너와의 대화가 끝나지 않았으면 했다. 그러나 결국 할 얘기는 바닥나고 대화의 끝이 왔다. 다시 아무렇지 않게 각자의 일상을 살아가야 할 순간이 온 거다.

아쉬움에 다시 연락해보고 싶었지만, 마음에서 그쳤다. 너와 나는 이 거리를 유지하는 게 제일 좋으니까. 더 다가가고 싶어도, 지금보다 멀어지는 상황이 오지는 않을까 싶어 멈추는 것이다.

너와 나눈 대화를 처음부터 끝까지 몇 번을 읽어봤다.
이게 뭐라고. 눈은 손톱달처럼 빛으로 떠오르고, 입가에
는 잔잔하게 파도가 쳤다. 어떤 상황에서도 나를 웃게 했
던 너. 지루하고 괴로운 삶을 살아내게 힘을 줬던 너.

나는 또 너를 그리워하는 시간을 보내겠지. 다음 생일
에 다시 만나. 그동안 너의 행복을 기도하고 있을 테니.

하나

사람 때문에
힘들어하면서도

사람 없이는
못 사는 우리

위태롭던
우리

바람은 점점 거세지는데 우리의 빛은 약해지기만 할 뿐이었다. 전 같았으면 꿈쩍도 하지 않았을 약한 바람에도 우리는 힘없이 흔들렸다. 나는 적어도 우리가 고작 바람 따위에 꺼지지 않기를 바랐다. 이 빛을 보려고 내가 얼마나 간절하게 불을 지폈는데.

이미 오래전부터 많은 것을 포기하고 내려놓은 너를 지켜보는 게 마음이 찢어질 듯 아팠지만, 아파하고만 있을 때가 아니었다. 나라도 어떻게든 바람 속에서 우리를 구해야 했다.

　찬바람을 혼자 막아내며 힘들게 버텼다. 닳아가는 내 모습은 보지도 못하고 있는 힘껏 그저 막기만 했다. 다행히 바람에는 꺼지지 않았지만, 애석하게도 우리는 조금씩 타기 시작했고 형체를 알아볼 수 없을 만큼 녹아버렸다.

　차라리 꺼지는 편이 나았을까. 그랬다면 반이라도 남아 있는 우리를 가끔 쳐다보며 추억이라도 할 수 있지 않았을까. 나는 한동안 마음이 아려 빛이란 빛은 다 보지 못했다. 위태로운 우리를 어떻게든 지켜보겠다고 홀로 버티던 시간이 생각나서.

하나

사람 때문에
힘들어하면서도

사람 없이는
못 사는 우리

포기와 무관심이
무서운 이유

"나는 이 순간부터 너를 포기할 거야."

초등학생 때, 담임선생님께서 엇나가고 있는 반 친구에게 말씀하셨다. 선생님께서는 그 친구의 마음을 돌이키고 바르게 가르치고자 짐짓 으름장으로 하신 말씀이었지만 어린 마음에 그 말이 무섭게 느껴졌다. 포기한다는 말은 그 친구를 신경 쓰지 않겠다는 것이니까. 그 친구가 어떤 행동을 해도 관심을 가지지 않겠다는 것이니까.

　전에 한 연예인이 악플보다 무관심이 더 무섭다고 했다는 기사를 봤다. 무관심이 얼마나 무서우면 악플에 비교했을까. 포기, 무관심… 차갑고 무서운 단어들.

　나는 가끔 나를 포기하게 될까 봐 무섭고, 내 인생에 관심이 없어질까 봐 무섭다. 사랑하는 것과 사랑하는 사람들을 포기하게 될까 봐 무섭고, 사랑하는 것들에 무관심해질까 봐 무섭다. 포기와 무관심으로 소중한 것들을 잃어버릴 수도 있으니까.

사람 때문에
힘들어하면서도

사람 없이는
못 사는 우리

멀리서
응원할게

단순히 연락할 사람이 없는 것보다 연락하고 싶어도 연락 못 하는 사람이 있는 것에 더 아쉬운 마음이 든다.

한때 제일 가깝게 지냈던 사람과 어떠한 갈등 하나 없이 자연스럽게 멀어졌다. 서로 다른 방향으로 각자의 인생을 향해 바삐 걸어가다 보니 이렇게 됐다. 전처럼 짓궂은 농담을 치며 연락 한번 해볼까 싶다가도 괜히 더 어색해지는 게 아닌가 싶어 보내려던 메시지를 지워버린다.

네가 SNS에 올린 사진에 소심하게 '좋아요'를 누른다. 예전에는 서로를 언급하며 같이 사진을 올리기도 했는데, 지금은 너의 사진에 댓글 하나 다는 것도 어려워졌다. 잘 지내는 것 같아 보여 다행이면서도 정말 잘 지내고 있는 건지 한편으로는 걱정이 된다. 힘들어도 안 힘든 척을 자주 했던 너를 잘 아니까.

친구야. 비록 예전보다는 우리 사이의 거리가 멀어졌지만, 나는 너를 여전히 걱정하고 응원하고 있어. 많은 사람이 너에게서 돌아서거나 너의 흠을 지적할 때, 누구 한 명은 네 편에 서 있다는 걸 알아주면 좋겠어. 나는 그저 네가 우리의 옛 시간들을 기억해주면 고마울 것 같아.

언젠가 연락할 용기가 생기면 연락할게. 그땐 만나서 예전보다 더 깊은 대화 나누자.

사람 때문에
힘들어하면서도

사람 없이는
못 사는 우리

조금 더
사랑할 용기

당신을 위하는 것이라며 포기했던
시간과 감정들은 사실 나의 겁 때문이었다.
당신을 사랑하기에는 내가 너무 겁이 많았다.

덕분에
내가 좋아졌어

첫 만남은 아주 사소하고 평범했어
요. 특별히 설렌다는 감정도, 내 사람이라는 느낌도 없었
기에 편하게 생각했죠. 어느 정도로 편했냐면 몇 년을 알
고 지낸 사람 같았어요. 제가 그 사람에게 보내는 눈빛
도, 그 사람에게 취하는 제스처도 전부 자연스러웠어요.
그 사람에게는 꾸밈없이 솔직하게 행동할 수 있었어요.

아, 그리고 정말 신기했던 건 누구와도 절대 할 수 없
었던 이야기를 술술 털어놓을 수 있었다는 거예요. 그래

사람 때문에
힘들어하면서도

사람 없이는
못 사는 우리

서 그런지 그 사람과 주고받는 이야기가 많아졌지요. 나중에 하나 알게 된 게 있었어요. 모두 그 사람의 노력이 었더라고요. 어떤 대화를 하든 제 입장에서 먼저 생각해 줬고, 실수하지 않을까 조심스러워하는 게 보였어요. 살면서 이런 배려를 받아보는 건 처음이라고 생각될 정도로 배려할 줄 아는 사람이었어요. 알면 알수록 배울 점이 많은 괜찮은 사람이에요.

그 사람 좋아하냐고요? 그럼요, 많이 좋아해요. 좋아할 수밖에 없는 사람이에요. 언제나 고마운 마음뿐이에요. 그 사람을 만난 후로 부족하다고만 생각했던 저를 사랑하게 됐으니까요. 다신 없을 인연의 끈을 잡은 것 같아요. 부디 끊어지지 않았으면 해요.

침묵

너를 떠나보낼 준비를 하면서 제일
절망적이었던 건 네가 입을 닫고 아무 말도 하지 않는 것
이었다. 차라리 무슨 말이든 솔직하게 해줬으면 좋겠는
데, 너는 내가 하는 말에 싱거운 표정으로만 대답했다.
내가 눈치껏 너에게서 떠나주기만을 바라는 사람처럼 너
라는 사람은 차갑기 그지없었다. 나쁜 사람이 되고 싶지
않아서 나에게 이별을 떠넘기는 너의 그 모습이 더 나쁘
게 보였다는 걸, 너는 알까.

하나

사람 때문에
힘들어하면서도

사람 없이는
못 사는 우리

네 감정이 식어가고 있다는 것을 진작 알고 있었지만, 오래 끌고 있을 수밖에 없었다. 네가 다시 마음을 돌이킬 수도 있다는 자그마한 희망과 너 말고 사랑할 수 있는 사람을 만날 수 있을까 하는 두려움 때문이었다. 하지만 너는 그대로였다. 아니, 더 차가워졌다.

하는 수 없이 혼자 이별을 준비하기 시작했다. 정신 못 차리고 사랑했던 사람에게 더 이상 실망하고 싶지 않아서, 사랑 하나 때문에 아까운 줄 모르고 쏟아부었던 시간을 더 이상 후회하고 싶지 않아서.

너만 바라는 이별이었지만, 나는 해야만 했다.

대화가 끊이질 않았던 우리에게 정적밖에 안 남았다는 사실이 그렇게 절망적일 수 없었다. 조용히 입만 굳게 닫고 있는 네가 다른 사람 같아서 낯설고 무서웠다.

기쁨도, 아픔도
함께 나누기를

　　　　　아프거나 힘들면 말 좀 해줘요. 나를
걱정시키고 싶지 않다는 이유로 혼자 그 아픔과 어려움
을 삭이려 하지 말아요. 당신은 나를 위해 그러는 거라고
할지 모르지만, 나는 당신이 혼자 버티는 게 더 걱정되
고, 속상하니까요. 당신이 아직 나를 의지하지 못하는 건
가 싶어 서운하기도 하고요. 어떤 어려움이든, 어떤 아픔
이든 언제든지 말해줘요.

　　나만 행복하려고 시작한 사랑이 아니에요. 당신의 행

하나

사람 때문에
힘들어하면서도

사람 없이는
못 사는 우리

복이 나의 행복이기도 해요. 그러니 함께 힘들고, 함께 행복해요. 어떤 상황이든 당신에게 없어서는 안 되는 사람이고 싶어요.

따뜻한 기대가
생겨날 때

　　말하기를 좋아했던 사람이 한 번 말
하고 열 번을 듣는다는 것. 숨기는 것에 익숙했던 사람
이 모든 것을 드러내는 연습을 많이 한다는 것. 좋아하는
것이 많았던 사람이 한 사람만을 위해 좋아하는 몇 가지
를 포기한다는 것. 누군가와의 깊은 감정 교류를 사치라
고 생각했던 사람이 누군가에게 기대를 걸기 시작한다는
것. 사랑을 시작할 때 일어나는 기적들.

하나　　　　　사람 때문에
　　　　　　 힘들어하면서도

　　　　　　 사람 없이는
　　　　　　 못 사는 우리

감정에
단호해진다는 것

"헤어지자고 말하니 울더라고요.
그 사람, 그렇게 우는 거 처음이었어요."

        몇 년을 문제없이 연애하고 서로의
상황 때문에 헤어지게 된 J씨는 남자친구의 눈물에 당황
스러웠다고 했다. 그는 평소에 워낙 냉철한 사람이었고,
그렇게 울 정도로 자신을 사랑하는 것처럼 보이지 않았
기에.

하나   사람 때문에
                        힘들어하면서도

                        사람 없이는
                        못 사는 우리

그와 그녀는 시간이 흘러 상황이 다시 좋아졌을 때, 사랑하는 사람이 없다면 다시 만나지는 약속을 했다고 한다. 그러나 그녀는 그를 금방 잊고 다른 사람을 만났다. 사귀는 동안 이미 너무 많은 눈물을 흘리고 힘들어했던 탓일까. 그와 헤어진 후로 오히려 마음의 평화를 찾고 눈물을 그칠 수가 있었다고…. 오랜 시간을 함께 보냈기 때문에 처음에는 헤어지는 것이 두려웠지만, 막상 헤어지고 나니 별거 아니었던 거다.

서로에게 감정이 바닥나서 떠나가는 이별이 아니라면 모든 이별은 차갑고 날카롭다. 그렇지만 이별하는 것이 두려워서 나를 울리기만 하는 사람을 곁에 둔다면 어느 순간 내 인생에 나는 사라지고 그 사람만 남게 될 수도 있다. 그 사람 하나로 감정에 휘둘리는 일이 많아지고, 내 삶을 그 사람에게만 맞추려고 하게 될 테니까. 아무리 참고 노력해봐도 나아지지 않는 관계는 끝내는 편이 낫다. 끝낸 직후에는 힘들겠지만, 더 흘릴 수도 있었을 눈물을 완전히 그칠 수 있을 테니까.

혼자라는 즐거움,
둘이라는 행복

카페에서 글 작업을 하는데 반대편 테이블의 한 남성이 자꾸 신경 쓰였다. 애인과 전화를 하고 있었는데 이어폰을 끼고 있어도 조금씩 그 전화 내용이 귀에 들어왔다. 요즘 연애에 대해 더욱 비관적으로 보는 나로서는 썩 듣고 싶지 않은 이야기들이었다. 음악 소리를 키우고 작업에 집중하려는데 다정히 들려오는 목소리에 귀를 기울일 수밖에 없었다.

사람 때문에
힘들어하면서도

사람 없이는
못 사는 우리

"밥 다 먹었어? 잘했어. 이제 뭐 할 거야?"

말끝마다 잘했다고 하는 걸 듣고 있는데 괜히 마음이 쓸쓸해졌다. 내가 뭘 하든 잘했다고 치켜세워주는 사람이 곁에 있으면 얼마나 든든한 위로가 될까. 내가 어디서 무얼 하고 있는지, 어떤 일이 있었는지, 뭐 때문에 힘든지 물어봐주고 걱정해주는 사람이 있다면 퍽퍽하고 무료한 일상이 얼마나 즐거워질까.

나는 지금 누굴 만날 시기가 아니라고 연애를 부정하며 혼자를 즐기다가도 가끔은 너무 간절해진다. 언젠간 놓아야 할 행복이라 해도 그 행복을 한번 쥐고 싶어질 때가 있다.

당신의 지친
웃음을 토닥이며

카페에서 일을 하면 다양한 부류의 사람들을 보게 된다. 다 마신 음료를 자리에 그대로 놓고 가는 것도 모자라 사용한 이쑤시개를 부숴 놓고 그냥 가는 사람, 마치 오래 봐온 사람이었던 것처럼 반말로 주문을 하는 사람, 본인이 주문을 잘못해놓고 다시 음료를 요구하는 사람…. 이 정도도 내 선에서는 이해하기가 어렵지만, 나름 양호한 편이다. 오늘 왔던 한 손님에 비하면.

그 손님은 플랫 화이트라는 음료를 주문했다. 플랫 화

사람 때문에
힘들어하면서도

사람 없이는
못 사는 우리

이트는 보통의 라떼에 비해 양이 적고 진해서 설명이 필요한 음료다. 그래서 같이 일하는 J씨가 설명해주려는데 그 손님은 "알아요, 마셔봤어요."라고 말을 끊고 빠르게 자리에 가서 앉았다. 더 이상의 설명을 할 틈이 없었다. 우리 카페에서는 따뜻한 플랫 화이트만 판매하기 때문에 당연히 따뜻한 음료가 나갔고, 손님은 왜 아이스가 아니냐며 따졌다.

따지고 보면 누구의 잘못도 아니었다. 소통이 제대로 이루어지지 않아 혼선이 생긴 것이었다. 그래서 금방 다른 음료로 다시 드리겠다고 했으나, 태도가 마음에 들지 않아 마시지 않겠다며 나갔다. 비위를 더 맞춰주었다면 보다 유연하게 넘어갈 수 있었을지도 모르지만, 생각할수록 마음이 좋지 않았다. 태도를 지적하는 그 손님도 사람을 대하는 태도가 훌륭하지는 않았으니까.

사람을 직접적으로 상대해야 하는 서비스업 종사자의 가장 큰 고충은 어떤 상황에서도 의견을 굽히고 밝은 표정과 친절한 목소리로 손님을 대접해야 한다는 것이다. 물론 나도 손님 입장일 때에는 대접받고 싶은 마음이 있지만, 똑같이 고된 삶을 살아가는 한 사람으로서 서로의

입장에서 생각하고 존중해본다면 어떨까 하는 생각이 든
다. 대접받고 싶은 만큼 상대방을 존중할 줄도 알면 좋을
텐데.

　오늘도 자신의 자리에서 온종일 웃는 가면을 쓰고 있
을 사람들에게 위로를 건네보고 싶다. 답답한 하루였을
텐데 잘 참아준 당신, 웃고 싶지 않은 날에도 웃을 줄 아
는, 당신을 보면 마음이 짠해진다. 당신의 웃음에 지친
하루가 담겨 있음을 나는 안다. 오늘도 고생 많았다. 당
신이 대견스럽다.

사람 때문에
힘들어하면서도

사람 없이는
못 사는 우리

마음의
정리정돈

미뤄왔던 옷 정리를 했다. 여름옷들은 함에 정리해서 장롱 깊숙이 넣어두고 가을옷, 겨울옷을 꺼내 옷걸이에 걸어두었다. 나름대로 잘 포개서 정리했는데 장롱은 여전히 옷으로 꽉 차서 어수선해 보였다.

옷을 좀 버려야 했다. 통바지나 슬랙스에 익숙해져 이젠 입지 못하는 스키니진이라든지, 몇 년 전에 사서 짧아지거나 해진 옷들, 사이즈가 맞지 않는 옷들. 버릴 옷들이 눈에는 바로바로 들어오는데 막상 버리자니 쉽게 손

사람 때문에
힘들어하면서도

사람 없이는
못 사는 우리

이 가지 않았다.

사이즈가 맞지 않는 옷들은 새 옷처럼 상태가 좋았고, 짧아지거나 해진 옷은 좋아하는 디자인의 옷이었다. 버려야 하지만 버리기에는 아까운 옷들이 장롱의 반을 채우고 있었다. 내년까지만 더 가지고 있어 볼까 자꾸 미련이 남았지만, 이 미련은 내년에도 마찬가지일 것 같아 버릴 옷들을 어렵게 모아 놓았다. 진작 버렸어야 하는 옷들을 드디어 버리는구나.

어릴 때부터 유독 정리하는 것을 어려워했던 나에게 엄마가 자주 했던 말은 "버릴 것은 버려라."였다. 마음을 정리하는 일에도 버리는 과정이 필요하다. 나와 맞지 않아 떠나간 사람들, 해진 기억들. 미련이 남아도 버릴 것은 버려야겠지. 아깝다는 이유로 꾸역꾸역 집어넣기만 하느라 여유 없었던 마음을 이제는 정리하고 싶다.

만만해지지
않기

새로운 사람들을 만날 기회가 줄어
들면서 사람들과의 관계가 끊기는 것이 두려워졌다. 그래
서 누가 봐도 나를 상하게 하는 사람인데도, 일단 참게 된
다. 쓸데없는 인내가 생겼다. 그 사람도 언젠간 달라지겠
지 싶은 거다. 그런데 누구보다 잘 알고 있다. 사람은 쉽
게 변하지 않는다는 사실을. 변한 것처럼 보여도 다시 본
래의 모습으로 돌아올 확률이 크다는 것을.

관계가 끊기는 것이 두려워서 선을 제대로 긋지 않으

하나

사람 때문에
힘들어하면서도

사람 없이는
못 사는 우리

니 애매모호한 관계가 많아졌고, 나는 많은 사람에게 '만만한 사람'이 되어 있었다. 나를 '쟤는 언제든 나를 받아줄 사람' 딱 그 정도로 생각하고 행동하는 사람들이 생긴 것이다.

관계에서 확실한 사람이 되고 싶다. 끊어야 하는 사람은 단호하게 끊어낼 수 있는 용기를 가지고 싶다.

세상이 채워지는
마법 같은 일

일어나자마자 잘 떠지지도 않는 눈으로 네 연락부터 확인한다. 잠은 설치지 않았는지, 아침은 챙겨 먹었는지 너를 걱정하면서 하루를 시작하고, 바쁜 일과 중에 너를 떠올리다가 하던 일을 잠시 놓쳐버리기도 한다. 예쁜 거리를 보면 그 거리에 나란히 서 있는 우리를 상상하고, 네가 좋아한다고 했던 것이 보이면 괜히 한 번 더 관심을 기울이게 된다. 전에는 플레이리스트에 없던 간지럽고 달콤한 노래들을 찾아 추가한다. 듣다

하나

사람 때문에
힘들어하면서도

사람 없이는
못 사는 우리

보면 네가 또 보고 싶어진다. 사소한 일로 유치하게 티격태격하다가도 서로가 사랑스러워서 웃는다. 하루의 끝에는 입이 닳도록 보고 싶다고 말하고, 만날 날을 기다리며 아쉽게 잠든다.

나 하나만 있던 세상이 점점 너로 채워지고 있다.

행복한
기다림

　　　　세상에 존재하는 모든 커플이 대단
하게 여겨진다. 저렇게 잘 통하는 사람을 어디서 만났을
지부터 시작해서 내 몸 하나 건사하기도 힘든데 누군가
를 곁에 두고 만남을 지속하는 게 가능한 일인지까지 생
각하다 보면 혼자인 상황에서 벗어나고 싶지 않아진다.
워낙 혼자 지내는 것을 좋아해서 나름대로 잘 지내고 있
지만 함께일 때 누릴 수 있는 행복과 안정감은 확실히 있
는 것 같다.

하나

사람 때문에
힘들어하면서도

사람 없이는
못 사는 우리

가끔은 둘이고 싶다는 생각을 한다. 그렇지만 서둘러 아무나 만나고 싶진 않다. 삶을 바라보는 시선이 나와 비슷한 사람을 언젠간 만날 수 있을 거라 믿는다.

사랑의
의미

사람 마음을 우습게 여기는 사람들은
살아가다 한 번쯤 아끼는 누군가를 아프게 잃어봤으면 좋
겠다. 본인들이 그동안 가벼이 여기고 버려왔던 마음들이
어떤 가치를 지니고 있었는지 알게 되기를 바란다.

하나

사람 때문에
힘들어하면서도

사람 없이는
못 사는 우리

문득 생각나는
누군가

한 줄밖에 되지 않는 글에 감정이 북받쳐 눈물이 날 때가 있다. 길게 풀어져 있는 글보다 짧디 짧은 글이 마음을 더 무겁게 내리찧을 때가 있다.

나도 너에게 그런 사람이었으면 한다. 함께 보낸 시간이 길지 않아도 떠올리면 눈물이 나는 사람.

돌아갈 수
없는

머무르고 싶은 마음이 없는 것보다
더 슬픈 것은 돌아가고 싶어도 돌아갈 수 없는 마음이 생
기는 것이었다.

하나

사람 때문에
힘들어하면서도

사람 없이는
못 사는 우리

꿈

     가끔 어떤 꿈들은 현실 같다. 당신을
잃는 것이 두려웠던 걸까, 나는 당신과 다투는 꿈을 자주
꾸었다. 현실감 있는 꿈이었던 탓에 깨어나서도 속상한
감정이 흩어질 줄을 몰랐다.

    "당신과 다투는 꿈을 꿨어."

   잠도 덜 깼으면서 베개 옆으로 손을 뻗어 휴대폰을 쥐

하나 | 사람 때문에
      | 힘들어하면서도
      |
      | 사람 없이는
      | 못 사는 우리

고 당신에게 다짜고짜 꿈 얘기를 했다. 왜 그런 꿈을 꾸었냐고 안심시켜주는 당신의 목소리를 들어야 겨우 마음을 쓸어내릴 수 있었으니까.

정작 당신을 잃은 뒤로는 어떤 꿈도 꾸지 않았다. 한 번쯤은 행복한 모습으로라도 나와줬으면 했는데. 혼자인 나날이 길어지면서 당신의 눈빛과 목소리가 점점 흐려져 마음이 아려왔다. 우연히 지나가다 당신의 향을 맡은 날에는 막연하게 밀려오는 그리움에 고통스러웠다.

몇 번을 엇갈리다 어렵게 당신을 다시 만나게 됐다. 순간순간이 꿈 같아서 가슴이 벅차오르는 요즘. 내 것인 줄 모르고 잃어버렸던 행복을 되찾았다는 사실이 믿기지 않아서 당신을 수없이 들여다본다. 다시 와줘서 고맙다고 조심스레 쓰다듬어보기도 하고, 사랑한다고 입이 닳도록 말한다.

내게 당신은 꿈 같은 사람이야. 꾸고 싶고, 이루고 싶은.

아직
성장하는 중

얼마 전 회식 자리에서 "칼 같은 사람이네요."라는 소리를 들었다. 정확히 어떤 이야기를 하던 중이었는지는 기억이 안 나지만, 집에서 계속 그 한마디를 곱씹었다. 칼 같은 사람…. 어떻게 보면 맞고, 어떻게 보면 틀리다.

사실 나는 사람을 잘 끊어내지 못하는 사람이다. 나에게 단순히 필요한 것이 있어서 찾아오는 사람을 내치지 못하기도 하고, 끝나버린 관계를 아쉬워하느라 소중한 시간을

하나

사람 때문에
힘들어하면서도

사람 없이는
못 사는 우리

낭비하기도 한다. 칼 같지 못한 사람으로 살다 보니 사람에게 자주 데었다. 칼 같은 사람이 되려고 무던히 애썼다. 데고 싶지 않아서. 나를 보호하려면 그래야 했다.

회식 이후로 '내가 칼 같은 사람인가?'에 대해 처음으로 깊이 생각해봤다. 지난날의 나를 돌이켜보니 대강 정리가 되는 듯했다. 겉으로는 단호하고 분명한 사람인 척하지만 속은 그렇지 못한 사람. 나는 아직 그 정도의 사람이었다.

착하되
나를 지키며

　　어렸을 때는 '나는 잘난 게 없으니 착하게라도 살아야지.'라고 생각했다. 왜 그런 생각을 하게 되었는지는 모르겠지만, 어떻게든 착한 사람이 되려고 했다.

　　누가 들어도 기분 나쁜 무례한 말을 듣고도 괜찮은 척 어색하게 웃는다거나, 내키지 않아도 부탁받은 일을 그냥 한다거나, 하고 싶은 말, 해야 하는 말이 있어도 하지 않고 참았다. 어느새 참고 배려하는 것은 습관이 되어 있

사람 때문에
힘들어하면서도

사람 없이는
못 사는 우리

었다.

그런 나의 노력 끝에 주변 사람들에게 착하다는 이야기를 종종 듣게 됐다. 어릴 땐 착하다는 말을 듣는 것이 그렇게 뿌듯하고 좋았는데 크면서부터는 착하다는 말을 듣는 것이 싫어졌다. 어떤 사람들에게는 내가 '무엇이든 수용하는 사람'이 되어버렸기 때문이다.

나를 함부로 대하는 사람들이 생겨나는 것을 보면서 뒤늦게 그 습관을 버리려 했으나, 워낙 삶에 오래 자리 잡은 습관이어서 그런지 오히려 좋지 않은 상황만 생겨났다. 혼자 말없이 참다가 한 번에 폭발하면서 많은 사람이 등을 돌렸고 내키지 않지만 했던 일이 도중에 중단되면서 불편하고 난처해졌다. 해결 방법을 찾지 못해 답답했다.

평생 해결하지 못할 줄만 알았는데 최근에 다양한 사람을 만나면서 방법을 하나씩 찾게 되었다.

- 무례한 말에는 기분이 나쁘다고 분명하게 이야기하기.
- 내키지 않는 일은 정중히 거절하기.

• 하고 싶은 말과 해야 하는 말은 타인에게 상처 주
  지 않는 선에서 꼭 하기.

  앞으로도 열심히 찾고 바꿔나가야겠지. '상냥하지만
함부로 대할 수는 없는 사람'으로. 타인에게 착한 사람이
되려다 나에게는 착하지 못한 사람이 되었던 나날을 이
제는 떠나보낼 것이다.

사람 때문에
힘들어하면서도

사람 없이는
못 사는 우리

너로 인해
바뀌는 나를

나는 원래 내 것밖에 모르는 사람이
었어. 내 시간을 혼자만 차지하고 싶은 욕심에 가까운 사
람들도 몇 달에 한 번 겨우 만났고, 내키지 않는 모임에는
웬만하면 참석하지 않았지. 새로운 사람을 만나고 그 사
람과 깊어진다는 게 나에겐 불가능에 가까운 일이었어.

마지막 사랑이 언제였더라. 설렘, 애틋함, 그리움과 같
은 감정은 이제 더는 내 삶에 해당하지 않더라고. 감정
교류를 하지 않으니 마음이 점점 동결되어 갔어. 조금 슬

프긴 하지만 나름 만족했어. 큰 감정 변화가 없으니 감정에 휘둘리지 않고 일에 더 집중할 수 있었으니까.

어떻게 우연히 괜찮은 사람을 만나 가까워져도 사랑까지는 이어지지 않았던 것 같아. 마음에 여유가 없기도 했고 그 사람이 내 마음에 차지 않았어. 나는 좋아하는 것도, 하고 싶은 것도 많은 사람인데 사랑 하나 하겠다고 몇 가지 내려놓는 게 싫었어. 사랑은 책임지고 싶지 않으면서 사람은 그리워서 모호하게 끝나는 관계가 많아졌어.

그런데 당신을 만난 이후로는 많이 바뀌게 된 것 같아. 바쁜 일정을 쪼개서 틈틈이 당신을 만나러 가고, 나도 모르게 당신에게 바라는 것이 생기면서 서운한 마음이 들기도 했어. 당신을 위해 좋아하는 것을 하나씩 내려놓는 내 모습이 보였어. 지금까지 나에게 찾아온 사람들과는 확연히 다른 느낌을 주는 사람인 것 같아. 꽤 오랫동안 책임지고 싶은 사랑이 없었는데 당신이라면 책임질 수도 있을 것 같아. 당신은 어때?

하나

사람 때문에
힘들어하면서도

사람 없이는
못 사는 우리

포옹

당신의 생에 파묻혀 살고 싶다.

따뜻함에 정신 못 차리고 영영 눈 뜨고 싶지 않을 테
지만.

엇갈림

네가 나를 아쉬워하게 될 땐 나는 이
미 너를 등지고 먼 길을 가고 있는 중일지도 몰라.

왜 그렇게 매정하게 떠났냐고 탓하지 마. 제일 가까웠
던 사람에게 매정해진다는 건 그만큼 상처받고 얼룩진
시간이 많았다는 거니까.

더 늦기 전에 한 번 바라봐줘. 내가 있어 참 다행이라
고 나를 붙들어줘.

하나

사람 때문에
힘들어하면서도

사람 없이는
못 사는 우리

안타깝고,
아름다운

우리가 다시 만나면 어긋났던 부분들을 다시 맞출 수도 있을 거라 생각했어. 사실 다들 그러잖아. 헤어졌다가 다시 만나는 사람들은 같은 이유로 똑같이 헤어지게 된다고. 그런 말을 귀에 딱지가 생기도록 들어왔으면서, 심지어 같은 이야기를 누군가에게도 해주었으면서 정작 나는 외면하고 싶었던 것 같아.

원래 감정이라는 게 섞이기 시작하면 이성적으로 행동하기가 어려워지잖아. 그래서 우리는 답을 알면서도 긴 시간 서로를 놓을 수 없었던 거야. 감정이 너무 많이 섞여버려서. 진작 직면하고 부딪쳐야 했을 부분들을 눈 감고 넘어가다가 여기까지 와버렸고, 너를 정말 놓아줘야 할 때가 왔어. 어떻게 아쉬움이 남지 않을 수 있겠어. 내가 조금 다른 모양을 하고 있었다면 너와 딱 맞는 조각이 될 수 있었을까. 그런 생각만 하면 눈물짓게 돼.

있잖아. 우리 겉보기에는 아름다운 이별을 한 것 같아. 하지만 나는 이별 앞에 굳이 '아름다운'이라는 수식어를 붙이고 싶지 않아. '아쉬운'이나 '안타까운'이면 모를까. 그래도 이별하기 전까지 우리 정말 아름다웠어. 아름다웠지만, 그 아름다움을 오래 지킬 수 없어서 안타깝게도 끝을 맺게 된 거야.

너와 다시 만났던 걸 후회하진 않아. 아니, 다시 만나서 다행이야. 전에는 너에게 주지 못했던 사랑을 이번에 한가득 안겨준 것 같아서 이제야 마음이 놓여. 사랑했어. 우리, 아름다운 사랑을 했어.

사람 때문에
힘들어하면서도

사람 없이는
못 사는 우리

이사

10년간 살던 집을 떠나온 지도 벌써 한 달이 되어간다. 그 집에 사는 동안 학교도 졸업하고 책도 출간했다. 여러 직종에 종사하며 돈벌이도 했다. 오래 거주했던 집이어서 그런지 아직도 그 집의 내 방이 자주 생각난다. 설렘보다는 아쉬움이 더 커서 이사 준비도 최대한 미루다가 이사 직전에 급하게 짐을 쌌다. 작은 평수의 집이었지만 빛도 잘 들고 전망도 좋아 10년이라는 시간 동안 만족스럽게 살았다. 그럼에도 이사를 할 수

밖에 없었던 이유는 작은 평수의 집이 불편해졌기 때문이다. 동생들 몸집이 커지고 나도 청소년에서 성인이 되었으니 집도 커지는 게 맞았다. 집은 좋지만 현재의 우리 가족이 살기에는 적합하지 않았다.

사람과의 헤어짐도 비슷한 것 같다. 저마다 평수와 가치관의 구조가 다른 '마음의 집'이 있고 살면서 여러 번 이사를 다니는 것 같다. 새로운 사람의 마음에 내 짐을 풀고 머무르는 동시에 나도 그 사람에게 내 마음을 내어준다. 서로가 서로에게 머무르다 보면 불편하거나 불만족스러운 부분이 생기기 마련이다.

주변 사람들에게 평판이 아무리 좋아도 성향이나 가치관이 나와 다른 사람이면 더이상 함께하지 못하고 이사를 해야 할 수도 있다. 그건 누구의 잘못도 아니다. 그냥 내가 지내기에는 적합하지 않은 공간을 가진 사람인 것이다. 그렇게 이사다니다 보면 내가 평생 함께 지낼 수 있을 거란 확신이 드는 편한 사람을 만나게 되지 않을까.

누군가를 만날 때 그 사람 때문에 내 모습을 완전히 바꿀 필요는 없는 것 같다. 내가 굳이 내 모습을 바꾸지 않아도 나에게 머무르고 싶은 사람은 분명 있을 테니까.

하나

사람 때문에
힘들어하면서도

사람 없이는
못 사는 우리

헤어짐을 너무 슬퍼하며 주저앉는 나보다, 나에게 머무를 또다른 누군가를 위해 내 공간을 따뜻하게 덥혀놓고 기다리는 내가 되기를.

둘 | 전보다 훨씬
행복하게

전보다
더는 후회 없이

과거에 연연하지 말자고
그렇게 다짐했는데,
자꾸만 반복하게 된다.
과거를 떠올리면서
그리워하거나 후회하는 일.
이런다고 과거를 바꿀 수도,
돌이킬 수도 없는데 말이다.
과거에 너무 오래 머물러 있지 말자.
전보다 훨씬 행복하게,
전보다 더는 후회없이 살자.

나를 위한
고민

　　삶에 의욕을 잃어버렸다. 있지도 않은 열정과 의욕만 구구절절 써놓은 이력서와 반대되는 요즘의 내 모습. 생각에도 없던 회사에 등 떠밀려 면접을 보러 가고, 입사하고 싶어서 지원한 회사는 이미 지원자가 많아 내 이력서는 열람조차 하지 않는다. 지원하는 회사 수가 늘어갈수록 의욕은 사라져간다.

　　여러 사람에게 연락이 온다. "요즘 뭐하고 지내?", "한번 만나자." 솔직히 말해서 부담이 될 때가 많다. 그들은 그냥 가볍게 했을 연락이 나에게는 무겁기만 하다. 조급한 마음에 모든 연락과 약속이 숙제로 느껴졌다. 막상 약속에 나가면 그 시간만큼은 재밌게 보내지만 집에 도착한 순간부터는 불안함이 스멀스멀 밀려든다.

마음 맞는 사람 한 명 찾기도 어려운데 마음 맞는 회사 찾는 게 어디 쉬운 일이냐고 스스로를 달래본다. 아직 시간은 많고 젊다고 안도하다가도 달력을 보면 뭐 하나 제대로 이뤄놓은 것이 없는 지난 시간이 부끄러워진다. 고3 때도 하지 않았던 수험 생활을 이제야 하는 것 같다. 다들 그 막막하고 불안한 시간을 대체 어떻게 견뎌낸 걸까.

피할 수 없으면 즐기랬지. 하지만 차마 즐기지는 못하겠다. 피할 수만 있다면 피하고 싶은 상황을 어떻게 즐기라는 건가. 즐기는 대신에 맞서 싸워야겠지. 인생이란 건 장기전이 아닐까. 때로는 이겨도 보고, 때로는 지기도 하는. 계속되는 인생과의 싸움에서 항복만 하지 않기를.

오늘도 만만치 않은 인생과 싸우느라 고생했다.

전보다 훨씬
행복하게

전보다
더는 후회 없이

작은 행복
기억하기

아침에 커튼을 치고 창밖을 보니 날씨가 좋지 않았다. 거의 2년 만에 친구들과 모이기로 했던 날이기에, 제발 기상청의 일기예보가 빗나갔으면 했다. 그런데 비는 꼭 중요한 날에 잘도 내렸다. 나갈 준비를 하는 동안에도 천둥 번개로 밖이 시끄러웠다. 같이 가려고 예약해둔 향수 공방 때문에 약속을 취소할 수도 없는 상황이었다.

외출 준비가 다 끝나갈 때쯤 갑자기 비가 멈췄다. 그래도 하늘은 어둑해서 안심이 되진 않았으나 살짝 희망은 있었다. 맑지 않아도 좋으니까, 조금 추워도 좋으니까 비만 내리지 마라. 몇 분 간격으로 계속 창문을 보며 하늘을 확인하는데, 언제 비가 왔냐는 듯 햇빛이 보였다. 집에서 나오는 순간부터 비는 한 방울도 내리지 않았다. 바람이 불어서 춥긴 했지만 기분이 좋았다.

지하철을 오래 타야 했는데 오늘따라 계속 자리가 났다. 딱 우리가 다 앉을 수 있는 세 자리. 길도 많이 헤매지 않고 나름대로 잘 찾아갔다. 내내 기분이 좋았다. 당연하게 여겼을 법 했던 것들에 감사한 마음이 들었다.

맑은 날씨와 공기, 어디든 갈 수 있는 건강, 마음이 정말 잘 맞는 친구들, 좋은 시간을 보낼 수 있을 만큼의 적당한 경비. 내가 항상 누리고 있어서 당연한 줄 알았던 것들. 하지만 절대 당연하지 않은 것들에 감사하다 보면 나는 어느새 행복한 사람이 된다.

전보다 훨씬
행복하게

전보다
더는 후회 없이

감정을 조금씩
비우는 일

나는 무언가 사고 모으는 것을 좋아
한다. 어떤 것에 관심이 생기면 그 순간부터 정신을 놓고
찾아보다가 결국 과소비를 한다. 이성을 잃고 감정에만
충실했다가 금방 많은 돈을 탕진했다. 필요한 물건에 소
비한 것이면 차라리 후회라도 없을 텐데, 불필요한 물건
에 소비하고 후회하는 일이 부지기수였다.

그런데 최근에 갑자기 미니멀 라이프(불필요한 물건이나 일
등을 줄이고, 일상생활에 꼭 필요한 적은 물건으로 살아가는 단순한

생활방식)에 관심이 생겼고 검색을 하다가 인상 깊은 글을 봤다. 물건을 사기 전에 나중에 버릴 것을 생각하라고.

여태 생각하지 못했던 부분이었다. 또 어떤 물건을 사야 할까 하는 생각은 줄곧 해왔지만 어떤 물건을 버려야 할까 생각해본 적은 없었다. 잡다한 것들로 가득 찬 내 방을 한 번 훑어보니 불필요한 물건이 한가득이었다. 사고 싶은 것이 생길 때마다 그 글이 계속 나를 자극했다.

물건뿐만이 아니다. 불필요한 감정이나 걱정을 가득 담고 살았던 나날, 사소한 것으로도 복잡하게 고민했던 나날이 얼마나 많았는가. 좋지 않은 것들은 버릴 필요가 있다. 하나씩 버려가야지. 그리고 다시는 모으지 말아야지.

전보다 훨씬
행복하게

전보다
더는 후회 없이

행복은 꼭
소소해야 할까

오늘 어디에선가 그런 글을 봤다. 자기는 소확행(소소하지만 확실한 행복)이 싫다고. 겨우 버텨내고 있는 삶 속에서 소소한 행복을 찾고 어떻게든 만족하며 살아가라는 것 같다고. 생각하기 나름이지만 일리 있는 말이기도 했다.

점점 살기 힘들어지는 세상이다. 흔하게 보고 느낄 수 있던 푸른 하늘과 맑은 공기가 그리워지고, 각종 범죄와 사건 사고가 걱정되어 어딜 가든 사람을 조심하게 된다.

빠르게 변화하는 세상에서 무얼 해야 할지 감이 잡히지 않아 답답하기도 하다.

공허하고 마음이 아프다. 살아내야 하는 게 현실임을 알아서 애써 소소한 행복을 찾아보는 우리들. 소소하게 말고 실컷 행복해보고 싶다.

전보다 훨씬
행복하게

전보다
더는 후회 없이

일을 하고
생활을 한다는 것

        아침 일찍 면접을 보러 광고 회사에 갔다. 구직 사이트를 훑어보던 중 가벼운 마음으로 지원했던 곳. 솔직히 말해서 '이 정도면 해볼 만하지 않을까?' 하는 생각으로 업무에 대한 고민은 하지 않고 갔다. 가서 무슨 말을 해야 할지, 면접이 있기 몇 분 전에 가 있으면 될지 정도만 고민했다.

자기 전에 길 찾기로 미리 예습해놨던 대로 근처 역 6번 출구로 나와 쭉 걷다 보니 금방 도착했다. 생각보다 너무 일찍 도착해서 편의점에 들러 괜히 구경하는 시늉을 하다 새콤달콤을 샀다. 큰 편의점이었다면 조금만 더 있다가 나왔을 텐데 내 옆에서 분주히 움직이는 아르바이트생에게 민폐가 될 것 같아서 얼른 나와버렸다.

새콤달콤 하나를 입에 넣고 면접을 보기로 했던 회사 가까이에서 잠깐 서 있었다. 아침부터 집을 나선 것이 오랜만이어서 피곤함에 긴장은커녕 아무 생각이 안 들었다. 시계를 보며 시간이 얼른 가기만을 기다리다가 면접 15분 전에 회사에 들어갔다. 면접 경험이 많지는 않지만 그래도 몇 번 해봤다고 크게 떨리지 않았다. 직원에게 안내받은 방으로 들어갔다. 앉은 지 얼마 안 돼서 대표가 들어왔다.

"이력서에 써 있는 제목 보고 연락 드렸어요."

괜히 민망해져서 어색하게 웃었다. 대표는 어떤 일을 하고 싶어서 온 것인지, 이 분야의 일이 어떤 건지 아느냐고 물었다. 면접 답변을 준비해 가지 않았기 때문에 능숙하지는 않아도 어떻게 대답은 해서 순조롭게 넘어갔다. 회사에 입사하게 된다면 하게 될 전반적인 설명을 들었다.

전보다 훨씬
행복하게

전보다
더는 후회 없이

"겉보기에는 아름다운 일 같죠? 그런데 거친 일이에요. 교육받는 중에 이탈했던 사람도 있어서 미리 말해두는 거예요. 힘든 거 나중에 알고 중간에 그만두는 것보다는 처음부터 아는 게 낫잖아요."

세상에 안 힘든 일은 없지만, 사람 상대하는 일에 소질이 없는 나는 절대 오래 버티지 못할 일이었다. 할 수 있겠느냐는 물음에 생각이 필요하다고 답했고 면접이 끝났다. 너무 가벼운 마음으로 면접을 봤다. 왠지 부끄러운 마음이 들었다. 그 분야에서 일하는 이들에게 송구스러웠다.

> "해보지 않은 일을 함부로 생각하지 말자.
> 생계를 유지하기 위해 하는 모든 일에는
> 어려움이 있다."

매번 잊지 않으려고 하는데도 뒤돌아서면 자꾸 잊게 된다.

내가 나에게
박하게 굴지 않을 것

사람들에게 위로받고 싶어 하면서 정작 나는 나를 위로해주지 못한다.

충분히 넉넉하게 채워져 있는데, 아직 부족하다며 넘쳐흐르기를 바란다.

아무도 지적하지 않은 나의 부족함을 스스로 질타한다.

어쩌면 나를 제일 못살게 구는 건 나일지도 모르겠다.

전보다 훨씬
행복하게

전보다
더는 후회 없이

열려 있는
어른

살아온 세월이 길다는 이유로 자신만의 사고방식을 무작정 타인에게 주입하려는 사람들이 있다. 그런 사람들은 본인이 긴 세월을 살면서 생김새, 성격, 가치관이 조금씩 변해온 것처럼 시대나 사람들의 사고방식도 변했을 것이라는 걸 알지 못한다. 시대가 어떻게 변하고 있는지 관심도, 알려는 노력도 없기에.

나는 인생을 오래 산 어른들의 연륜을 늘 동경해왔다. 지금의 젊음도 사랑하지만 얼른 나이가 들었으면 했다.

전보다 훨씬
행복하게

전보다
더는 후회 없이

연륜이 깊어지면 세상을 바라보는 시야도 넓어지고 사람들을 더 깊이 통찰할 수 있을 것 같아서. 그런데 그것도 사람 나름이었다. 어떤 어른들은 아이들보다 좁은 세상에서 살고 있었다.

열려 있는 어른이 되고 싶다. 과거의 인생 경력으로만 현재와 미래를 사는 어른 말고 끊임없이 인생을 공부하며 수용적인 자세로 나이 상관없이 많은 사람과 소통할 수 있는 그런 어른.

버텨내는
우리에게 응원을

장염이 제대로 찾아왔던 적이 있다.
한참 장염이 유행하고 있어 가족들이 전부 돌아가면서
장염에 걸렸다. 마지막 순서는 나였다.

당시 나는 바나나 셰이크를 환장할 정도로 좋아했는
데, 하필 장염에 걸렸을 때 마시게 됐다. 안 그래도 좋아
하는데 오랜만에 마시는 거여서 벌컥벌컥 숨도 안 쉬고
마셨다. 그리고 그 자리에서 바로 다 토해냈다.

그 뒤로 1년에 가깝게 바나나 관련 음식을 아예 먹지

전보다 훨씬
행복하게

전보다
더는 후회 없이

못했다. 냄새만 맡아도 속이 울렁거리고 구역질이 나서. 그렇게 좋아했던 바나나 셰이크를 먹지 못할 뿐 아니라 냄새도 맡지 못할 지경까지 갔다는 게 신기했다.

접촉사고가 나서 한동안 차를 타지 못했던 것, 누구보다 신뢰했던 사람의 이간질로 사람을 신뢰하지 못하게 됐던 것, 애지중지 소중히 다뤘던 물건을 깨뜨려 그 물건을 깨뜨리는 꿈을 거듭 꾸었던 것.

다 내가 극복해온 트라우마들이다. 앞으로 또 어떤 충격을 받고 이겨내며 살게 될지 착잡하기도, 두렵기도 하다. 아무 탈 없이 인생을 살아간다는 것은 절대 쉬운 일이 아니다. 대단한 무언가를 이루지 못했다고 기죽어서는 안 되는 게, 수많은 충격을 받고도 버텨내거나 이겨내려 했다는 것만으로도 충분히 대단한 삶이다. 우리는 정말 대단한 사람이다.

일상의
루틴

'제대로 살기 프로젝트'의 일환으로 당분간의 계획을 세웠다. 월요일부터 토요일까지, 아침부터 저녁까지 계획을 세웠는데 일단 일찍 자고 일찍 일어나기가 핵심이다. 잠을 줄여보는 것이 규칙적인 생활을 몸서리치게 싫어하는 나의 가장 큰 결심이다.

실행한 지 나흘째. 이미 너무 망가져버린 생활방식 때문에 쉽지 않았다. 낮에는 미친 듯이 피로하다가도 밤에만 유독 정신이 말똥말똥해졌다. 수면유도제를 먹어볼까

전보다 훨씬
행복하게

전보다
더는 후회 없이

고민했을 정도로 겨우 잠드는 요즘이다. 오늘 낮에는 소파에 앉아 있다가 잠들었다. 한 30분 정도 눈 붙였나, 더 잠이 깊어지기 전에 재빨리 일어났다. 뭐라도 하려고 노트북을 켰다. 잠 때문에 버려진 시간이 얼마나 많았는지. 문득 그 시간들이 아까워졌다.

물론 인간은 충분한 수면을 취해야 하지만, 그 수면이 생활을 방해해서는 안 된다. 이제는 잠과 조금 멀어지고 싶다. 나는 내가 꿈을 꾸는 사람보다 꿈을 이루는 사람이 되고 싶으니까. 잠 같은 건 거뜬히 이겨내는 내가 되기를 소망한다.

무너지고
일어나기

남에게 투덜거리는 성격이 아니다.
대부분 힘든 감정들을 혼자 삭이는데, 그날은 나 자신이
너무 한심하고 답답했다. 꿈꿔왔던 것과는 다르게 실패
한 삶을 사는 것 같아서 조금 투덜거렸다. 그리고 돌아온
반응.

"얘 좀 봐, 너 인생 다 산 거 아니야."

순간 머리가 띵했다.

전보다 훨씬
행복하게

전보다
더는 후회 없이

지금 내 삶이 어떻든 괜찮다. 아직 생이 끝나지 않았으니까.

전에 내가 썼던 짧은 문장이 갑자기 마음을 건드렸다. 사람이 이렇게 잘 무너지고 잘 잊어버리네. 다시 한번 일어났다. 앞으로의 날을 위해, 앞으로의 나를 위해.

그저
나를 위한 시간

"너는 무슨, 비행기에서 사냐."

집에만 오면 비행기 모드를 해놓는 나에게 친구가 한소리 했다. 나도 전화하는 것을 좋아하던 시절이 있었다. 심심해질 때마다 저장된 연락처를 훑으며 대화할 상대를 탐색했다. 그때는 오랜 시간 통화해도 지루하지 않고 지치지 않았다.

언제부터였는지는 모르겠으나, 통화 상대가 누구든 상

전보다 훨씬
행복하게

전보다
더는 후회 없이

관없이 흥미를 잃었다. 통화 중에 오는 정적이 극도로 어색해서 그저 빨리 끊고 싶은 마음뿐이었다. 연락 자체에 지친 것도 있다. 예전과는 다르게 밖에서 쏟는 에너지가 많아지면서 집에서만큼은 혼자만의 시간이 필요했다. 정말 필요한 상황 외에는 거의 모든 전화를 피했다. 피하는 마음이 편하지만은 않았다. 아예 휴대폰을 없앨까 하는 고민도 여러 번 했다.

그동안 연락이 잘되지 않는다고 혹시라도 서운했을 이들에게 꼭 한번 말하고 싶었다. 내가 집에서 연락이 잘되지 않는 이유는 당신이 싫어서가 아니라, 나를 위한 재충전의 시간이 필요해서였다고.

노력과
애착

어느 날 우리 집 막둥이가 빨간색의 작은 인형 하나를 가지고 집에 왔다. 동네 야시장에서 사격을 해서 상품으로 받아온 인형이라고 했다. 내가 보기에는 그다지 예쁜 인형은 아니었다. 기존에 있던 인형들보다 많이 작았고, 인형에 솜도 적게 들어 있어서 솔직히 볼품없어 보였다. 그런데 동생은 가지고 있는 인형 중에 제일 마음에 들어 했다.

이동하는 곳마다 마치 한 몸처럼 들고 다녔고, 자기 전

전보다 훨씬
행복하게

전보다
더는 후회 없이

에 꼭 끌어안고 잤다. 온종일 품고 있으니 인형이 많이 닳아서 한번은 내가 물어봤다. "이 인형 버리고 더 귀엽고 큰 인형 사올까?" 절대 안 된단다. 귀여워서 장난스럽게 여러 번 질문했었는데, 계속 지켜보고 있던 엄마의 한 마디. "놔둬. 자기가 뽑아와서 더 아끼는 거야." 그럴싸했다.

나도 타인을 통해 갖게 된 물건보다도 내 노력으로 갖게 된 물건에 더 애착이 갔다. 아르바이트를 하면서 모인 돈으로 샀던 노트북이 그랬다. 조금이라도 흠집 나는 게 싫어서 조심스럽게 가지고 다녔고, 손자국이 나면 닦기 바빴다.

노력하지 않아도 원하는 것들을 가질 수 있으면 좋겠다는 생각을 종종 했다. 그런데 그렇게 되면 가졌을 때의 소중함을 잘 알 수 없을뿐더러 애착도 그리 크지 않겠구나 싶다.

네가 어떤
마음을 가졌든

네가 자그마한 일에도 상처받고 눈물 흘리는 이유를 누군가는 성숙하지 못해서, 어려서 그런 것이라 한다. 그러나 나는 안다. 어려서가 아니라 여려서라는 것을.

네가 어린 사람이라면 아직은 마르지 않은 너의 마음이 좋다. 네가 여린 사람이라면 그 여린 마음을 부드럽게 어루만져주고 싶다. 네가 어떤 마음을 가졌든 그 마음을 가진 너를, 나는 사랑한다.

둘

전보다 훨씬
행복하게

전보다
더는 후회 없이

부정적인
생각

　　　　　부정적인 생각은 무섭게도 빨리 자라
난다. 한번은 힘들었던 과거를 잠시 떠올리고 있었는데,
과거의 나에 몰입되어 금세 마음이 무거워졌다. 잠시 떠
올린 과거가 행복한 지금을 전부 어둡게 덮어버렸다.

　결론적으로 "그래, 그때 정말 힘들었어.", "지금도 너무
힘들어."라는 생각만 남았다. 부정적인 생각은 애초에 심
지 않는 게 좋다. 무심코 뿌리 내린 부정적인 생각이 무
섭게 자라 나를 덮어버릴 수도 있으니까.

전보다 훨씬
행복하게

전보다
더는 후회 없이

우리는
다양한 모습을
걸치고 살아간다

중요한 자리에 참석할 때, 잠깐 근처에 나갈 때, 직장에서 일할 때 우리는 상황에 따라 각각 다른 옷을 입는다. 전혀 다른 옷차림을 하고 있어도 내가 나인 사실은 변하지 않는다. 그리고 그것은 옷차림에만 해당되는 것은 아니다. 표정, 말투, 행동도 상황에 따라, 사람에 따라 바뀐다.

어떤 사람들에게 나는 표정 변화가 거의 없는 조용하고 차분한 사람이지만 어떤 사람들에게는 수다스러운 사람이다. 가끔은 전혀 다른 사람으로 바뀌는 내 자신이 가식적인 것 같았다. 그러나 순간순간의 내 표정, 말투, 행동 전부가 나의 모습임을 어느 순간 깨달았다. 나는 그저 상황과 사람에 따라 알맞게 내 모습을 갈아입은 것뿐이었다.

내 방에서 혼자 시간을 보낼 때 제일 마음이 편안한 이유는 굳이 어떤 모습을 걸치지 않아도 되기 때문이다.

전보다 훨씬
행복하게

전보다
더는 후회 없이

평범한
공유의 시간

오랜만에 가족들과 함께 강원도로 여행을 다녀왔다. 어렸을 때는 계획 없이도 훌쩍 잘 다녔는데, 크면서부터는 다 같이 모이기가 힘들었다. 사회생활을 하면서 각자 일정이 생기기도 했고, 가족들보다 친구들을 더 찾기도 했다.

갑작스럽게 잡힌 여행이라 일정을 맞추는 데에 문제가 있었고, 가족들 간에 좋지 않은 감정이 오가기도 했다. 예상했던 일이었다. 그래서 원래는 시간이 되는 가족들끼리만 가려고 했는데, 할머니 할아버지께서 다 같이 가고 싶어 하셨다. 다시 또 이렇게 모여서 가기 힘들다는 것을 알고 계셨기 때문일까.

특별하고 대단한 여행도 아니었고, 여운이 남는 긴 여행도 아니었다. 1박 2일의 지극히 평범한 여행이었다. 차에 있는 시간이 길었고, 한곳에 오래 머무르지도 못했다. 정신없이 먹으면서 이동하기 바빴다. 그런데도 할머니 할아버지의 얼굴에는 미소가 번져 있었다. 뭉클했다. 더 좋은 곳에서 오래 머물렀다면 얼마나 좋아하셨을까.

시간이 흐르고 나이가 들수록 가족과의 여행이 소중해진다. 다음에는 더 좋은 곳에서 오래오래 머무르다 오고 싶다. 급한 시간에 날아가버리는 추억을 전부 찬찬히 주워 담고 싶다.

우리가 함께할 수 있는 시간이
점점 줄어들고 있어요. 얼른 여행 가요.

전보다 훨씬
행복하게

전보다
더는 후회 없이

혼자의
기분

혼자 있는 것은 좋아하지만, 혼자 무언가를 한다는 것에 거부감이 있었다. 그런데 작년 12월 31일, 한 해의 마지막 날. 처음으로 혼자 영화를 봤다. 무언가 혼자 한다는 것에 익숙하지 않은 나에게는 정말 대단한 도전이었다.

"혼자 영화 보러 간 적 있어?" 주위 사람들에게 물어보면 대부분 해봤다는 대답과 함께, 너무 좋다고 꼭 한번 해보라고 추천했다. '대체 어떻길래?' 호기심이 생겼다.

그렇지만 바로 실행에 옮기지는 않았다.

언젠간 해야지 하는 마음으로 계속 미루고만 있었는데, 친구에게서 연락이 왔다. 영화 볼 생각 있냐고. 기간이 내일까지인 티켓이 있는데 사정이 있어 자신은 못 간다며 본다고 하면 예매를 해주겠다고 했다. 그렇게 나는 한 해의 마지막 날, 의미 있고 용기 있는 도전을 하게 된 것이었다.

보고 싶은 영화를 보고 싶은 시간에, 보고 싶은 좌석에서 봤다. 누군가와의 의견 조율 없이 편하게 보러 갈 수 있는 게 좋았다. 집중이 잘돼서, 영화관을 나오며 여운을 오롯이 간직할 수 있어 좋았다.

무언가 혼자 하는 것이 나쁘지 않다는 생각이 들어서 올해 초에는 혼자 카페도 가고, 밥도 먹었다. 여태껏 혼자보다는 함께 하는 것을 좋아했다. 그렇지만 연습해보고, 좋아해보려 한다. 사람이 항상 함께일 수는 없으니까. 언젠간 여행도 꼭 혼자 가보고 싶다. 왠지 느낌이 좋다.

전보다 훨씬
행복하게

전보다
더는 후회 없이

가질 수 없는
무언가

　　　　내가 아무리 간절하게 바란다고 해
도 가질 수 없는 것들이 있다. 그걸 알기에 모든 것들을
욕심내지 않으려 노력하지만, 결코 쉽지 않다.

　내가 가지지 못한 것들에게서 자유로울 수 있다면 좋
을 텐데. 욕심나지 않으면 좋을 텐데.

묵묵히 살아가는
우리를 위해

"시간 너무 빨라.

뭐 했다고 이렇게 빨리 지나갔지?"

　오랜만에 만난 친구와 그동안 어떻게 지냈는지 나누
다가 나온 말이었다. 습관처럼 뱉곤 했던 말.

　생각해보면 참 바쁘게 지냈다. 새로운 사람들도 만났
고, 감정적으로도 흔들려 보았고, 무언가 열심히 배우기
도 했다. 분명 바쁘게 지낸 것 같은데, 아무것도 하지 못

전보다 훨씬
행복하게

전보다
더는 후회 없이

하고 시간이 훌쩍 지나가버린 느낌이다. 오로지 나의 즐거움만을 위해 쓴 시간이 별로 없어서일까.

시간 가는 줄도 모르고 정신없이 살았다. 얼른 이 시기가 지나서 막중한 부담감이 사라졌으면 하다가도, 결과에 대한 걱정 때문에 시간 가는 걸 두려워했다. 결과가 어떻게 흘러갈지는 모르겠지만, 결과보다 과정을 바라볼 수 있으면 좋겠다. 결과가 좋고 나쁘고를 떠나서 막연한 길을 용감하게 걸어온 나를, 그리고 나의 도전을 자랑스러워했으면 좋겠다.

쉬고 싶은
날

딱 일주일만이라도 아무것도 하지 않고 아무런 걱정 없이 쉬어보고 싶다. 생각해보면 걱정 없이 편히 쉰 지도 오래되었다. 무엇이든 해야 한다는 압박감에 쉬면 쉬는 대로, 쉬지 않으면 쉬지 않는 대로 마음이 뻐근했다.

얼마 전에 카페 마감을 하다가 처음으로 잔을 깼다. 손님이 많은 날이어서 건조시키고 있는 그릇과 잔이 많았다. 정시퇴근을 하려고 서둘러 정리하다가 찰나의 방심

전보다 훨씬
행복하게

전보다
더는 후회 없이

으로 떨어트린 것이다. 쨍그랑 소리와 함께 잔은 산산이 깨졌다. 어떠한 미련도 한 톨 없는 듯 시원하게. 멀리까지 흩어진 유리 조각을 조심히 쓰레받기에 담았다. 안 그래도 바쁜 날에 깨트린 잔까지 처리하느라 늦은 마감을 하고 퇴근했다.

주변에서 지치지 않느냐는 질문만 하면 반사적으로 "포기하고 사는 거지, 뭘."이라고 대답하게 되는 요즘. 마음껏 방심하고 산산이 깨져보고 싶다. 미련 없이, 시원하게.

반드시 좋은 길로
나아가고 있다고

다른 사람들은 저 멀리 가고 있는데 같은 곳에 그대로 멈춰 있는 것 같다고 그만 불안해하십시오. 당신은 멈춰 있지 않습니다. 한 걸음씩, 아니 반 걸음씩이라도 조금씩 나아가고 있습니다. 당신만 모르고 있을 뿐이지요. 지금 당장은 보이는 게 없어 막막할지라도, 당신을 믿고 그렇게 계속 나아가다 보면 어느새 먼 곳까지 나아가 있는 당신이 보일 것입니다.

전보다 훨씬
행복하게

전보다
더는 후회 없이

서툴러서
예뻤던

내게는 아직도 빠지지 않은 유치 하나가 있다. 제때 빠지지 않은 이가 어찌나 거슬리던지. 크게 자란 성치 사이에서 눈치 없이 자리를 지키고 있는 유치가 미웠다. 유치 때문에 원하지도 않던 덧니를 가지게 됐으니까. 심지어 이 유치 하나는 어릴 때 깨져서 치과에서 때운 이였다. 왜 하필 때운 치아가 빠지지 않아서.

흔한 경우가 아닌 것 같아 부끄러움에 늘 숨기고 다녔다. 그런데 점점 나이를 먹고 세상에 물들면서 이 별난 유치 하나에 마음이 갔다. 가장 순수했을 때부터 가지고 있는 치아라는 생각에.

어릴 때 받은 편지를 읽어보면 나를 순수하다고 표현하고 있었다. 지금은 해당되지 않는 이야기지만. 그래도 그때의 순수함이 아직은 어딘가에 조금이라도 남아 있지 않을까. 내 자그마한 유치처럼.

태어난 지 얼마 되지 않은 아이들을 보면 웃음이 나오고 기분이 좋아지는 이유는 세상의 때가 많이 묻지 않아서, 아직 많이 서툴러서라고 생각한다. 나도 아이들의 마음으로 살고 싶다.

전보다 훨씬
행복하게

전보다
더는 후회 없이

우연이
기회가 될 때

타려던 시간대의 지하철을 놓쳤다. 일찍 나가기에는 기다림이 싫고, 늦게 나가기에는 촉박하게 뛰어가는 게 싫어서 시계만 계속 보다가 그만 늦게 나와버린 것이다. 매번 이랬다. 적당한 타이밍을 찾으려다 눈앞에서 지하철이 지나가는 것을 가만히 지켜볼 수밖에 없었다. 일찍 나갔다면 조금 기다리더라도 지하철은 놓치지 않았을 텐데.

이런 식으로 눈앞에서 놓쳐버리는 것이 얼마나 많을

전보다 훨씬
행복하게

전보다
더는 후회 없이

까. 어떠한 일을 도전할 수 있는 좋은 기회, 내 하나뿐인 인생을 빛내줄 인연…. 준비도 하지 않고 타이밍만 기다리며 머뭇거리지 말자. 지나가는 것을 지켜만 보고 싶지 않으면. 미리 모든 것을 준비해놓고 타이밍을 기다리자.

내 손안의
행복

　　　　무엇이든 열심히 오랫동안 파고들면 그런 나를 알아주는 사람이 생기고, 어떤 사람이든 진실되게 대하면 나를 진심으로 대해주는 사람이 주변에 남는다. 세상 일이라는 게 항상 잘 풀리지는 않겠지만, 분명 잘 풀리는 날도 있을 것이다. 늘 잘 풀리는 인생을 살면 감사함을 망각하고 자만에 빠져 많은 것을 잃을 수도 있다.

　　잘 풀리지 않는 인생이라고 포기하지 말아야지, 과거

전보다 훨씬
행복하게

전보다
더는 후회 없이

나 현실을 후회하거나 자책하지도 말아야지, 작은 행복에 감사할 줄 알아야 큰 행복이 와도 감사할 줄 알고 비로소 행복을 쥐게 되는 것 같다. 가지고 있지 않은 것에 연연하지 말고 가진 것부터 소중히 간직해야지.

당찬 한 걸음을
내디디며

내 앞길을 가로막는 벽에 부딪치기 일쑤였다. 자주 멍이 들었고, 그냥 포기할까 몇 번 뒤돌아서기도 했었다. 그런데 뒤돌아서면 지금까지 수많은 벽을 헤치고, 부수고 온 시간이 앞을 가렸다. 하는 수없이 다시 용기를 내어 앞을 보았다. 그리고 앞을 가로막는 벽을 온몸으로 밀어내었다.

힘이 빠지면 부딪치는 날이 또 올 것이라는 걸 알지만, 포기하는 것보다는 부딪치는 게 후회 없을 것 같았다. 나

전보다 훨씬
행복하게

전보다
더는 후회 없이

는 아직도 무거운 벽을 밀고 가는 중이다. 언젠간 저 벽은 무너질 거고, 나는 간절하게 바라던 것을 마주하게 될 테니까.

키오스크

외출 일정을 마치고 햄버거가 먹고 싶어 햄버거 가게에 들렀다. 들어가자마자 가장 먼저 보였던 건, 무인주문기다. 2년 전인가, 햄버거 가게에서 무인주문기를 처음 보고 무척 놀랐는데, 요즘에는 가는 곳마다 무인주문기가 자리하고 있다. 많이 보아서 익숙해질 법도 한데 아직도 익숙하지가 않다. 그동안 직원에게 직접 하는 주문에 익숙해져버린 걸까. 사람 없이도 주문할 수 있는 기계. 사실 적응되면 편리한 기계다. 말 한마

전보다 훨씬
행복하게

전보다
더는 후회 없이

디 하지 않고, 손으로 쓱쓱 주문해버릴 수 있으니까.

난 결론적으로 햄버거를 먹지 못하고 집에 왔다. 가진 것이 현금뿐이었기 때문이다. 모든 직원이 안쪽에서 햄버거를 준비하느라 바빠 보였고 주문하려고 기다리는 사람은 나뿐이어서 눈치만 보다가 나올 수밖에 없었다.

집 가는 버스에서 점심으로 뭘 먹을지 고민하다가 갑자기 영화 〈Her〉의 한 장면이 떠올랐다.

인공지능이 발달하여 지하철의 모든 승객이 기계만 바라보고 인공지능 운영체제와 대화를 하고 있는 장면. 왠지 차갑고 삭막했던 장면.

지금도 고개를 들면 흔히 볼 수 있는 광경이기는 하다. 사람 없이도 별문제 없이 살 수 있는 세상이 두려워졌다. 지금도 한없이 보잘것없는 존재로 느껴지는 내가, 정말로 세상에서 필요하지 않게 되면 어쩌지.

큰 사랑을
받고 싶다면

"너는 항상 내 자랑거리야."

꽤 오래전에 들었던 말이 아직도 가끔 떠오른다. 너무 늦게 알아버렸다. 그 말은 상대방이 나를 진심으로 자랑스러워해서 했던 말이었음을. 그때는 나조차도 나를 아끼지 못하고 사랑하지 못했기 때문에 그 말을 의심만 할 뿐이었다. 내게는 너무 과분한 말이라고 생각하니 진심이라고 여겨지지 않았다.

둘

전보다 훨씬
행복하게

전보다
더는 후회 없이

나를 자랑거리라고 말해줬던 그 사람은 늘 차고 넘치는 사랑을 부어주었다. 아쉽게도 나는 그 사랑을 받을 그릇이 아니었고. 그릇이 작으니 흘리는 사랑이 많을 수밖에 없었다. 급기야 그 사랑을 부담스러워하게 되었고 받은 사랑을 전부 엎어버렸다. 그때의 선택을 후회하지는 않는다. 오랜 시간이 지난 지금도 난 여전히 그 사랑을 받을 정도의 큰 그릇을 가지고 있지 않기에. 그저 고맙고 미안할 뿐이다. 내가 그때 주지 못했던 사랑을 누군가에게 더 크게 받고 있기를 바란다.

큰 사랑을 받고 싶다면 먼저 그 사랑을 받을 큰 그릇을 가지고 있어야 한다. 내가 얼마만큼의 사랑을 받을 사람인가는 나에게 달려 있다.

오늘만은
우울해도 괜찮아요

　　　　　사람이 많지 않은 버스에 혼자 타 매
일 앉는 익숙한 좌석에 앉는다. 창문만 멍하니 바라보다
보면 마음이 어느새 평온해져 졸음이 온다. 나를 재촉하
는 일이나 사람이 없어 몸은 여유롭게 늘어지고, 굳이 웃
는 표정을 억지로 지어가며 정적을 채우려 말을 꺼내지
않아도 되는 시간이다. 내가 움직이지 않아도 도착지를
향해 가고 있다는 사실이 뜬금없이 큰 위로로 다가온다.
　　온종일 했던 걱정과 가슴 답답하게 했던 감정을 잠시

전보다 훨씬
행복하게

전보다
더는 후회 없이

잊어버린다. 어느덧 내릴 시간은 다 되었는데 아직 내려서는 안 될 것 같은 기분이 든다. 힘겹게 찾아온 평온함을 놓치기가 싫어 어디론가 질주하고 싶어진다. 버스에서 내려 집에 가는 발걸음이 무겁다. 내일을 다시 시작할 자신이 없다.

점점
잘할 수 있어

컴퓨터 학원에 다닐 때였다. 초반에
는 편집 프로그램을 익히면서 광고물을 보고 똑같이 편
집해보는 연습을 했다. 그때는 작업을 해본 지 얼마 되지
않아서 수시로 저장하는 습관이 배어 있지 않았다. 그러
다가 결국 편집 프로그램 오류로 오전 내내 작업한 이미
지를 싹 날려버렸다.

처음 겪는 일이어서 당황스러움과 함께 화가 났다. 하
지만 어차피 복구할 수 없게 된 거, 빠르게 다시 작업하는

전보다 훨씬
행복하게

전보다
더는 후회 없이

게 나을 것 같았다. 다시 마음을 잡고 점심시간에 밥을 먹으면서 같은 작업을 또 했다. 그래도 한 번 해봤다고 오전까지만 해도 버벅거렸던 작업을 제법 능숙하게 했다.

처음에는 분명 느리고 서툴게 했던 일에 능숙해지는 순간이 오고, 어제까지만 해도 풀리지 않던 문제가 오늘 갑자기 풀리기도 한다. 앞으로 내가 처음으로 경험할 것이 무수히 많겠지. 부디 자신감 있게 해냈으면 한다. 처음이니 실수할 수도 있고, 서툴 수도 있다고 스스로를 격려하면서.

나무 같은
사람

얼마 전 채널을 돌리다 〈선미네 비디오 가게〉라는 다큐 토크쇼를 보게 되었다. 개그우먼 박미선 씨의 33년 방송 생활을 담은 비디오를 볼 수 있었다. 누군가를 불쾌하게 하는 발언은 하지 않으면서도 유쾌한 입담으로 방송을 진행하는 모습은 항상 인상 깊었고 그래서 호감이 가는 사람이었다. 방송인으로서 흠잡을 데가 없는 그녀에게도 어려움이 있었다는 이야기를 듣는데 괜히 위로가 되었다.

전보다 훨씬
행복하게

전보다
더는 후회 없이

방송계에서 살아남는 것은 쉬운 일이 아니라고들 한다. 양희은 씨는 인터뷰에서 방송계를 '사람을 쓰고 버리는 일이 만연하게 일어나는 바닥'이라고 표현했다. 그런 바닥에서 살아남기 위해 박미선 씨는 어디든 눌어붙어 있으려 했다며 자신을 '젖은 낙엽'이라고 칭했다. 조금이라도 쉬면 다시 돌아오지 못할까 봐 출산을 하고도 단 두 달밖에 쉬지 않았으며, 들어오는 일에 최선을 다하였다고 했다. 그런 노력들이 그녀를 같은 자리에 오래 머무를 수 있게 하지 않았을까.

늘 같은 자리에 머무르는 것은 결코 쉬운 일이 아니다. 어떤 상황에서도 묵묵히 그 자리를 지킬 힘이 있어야 하며 악착같이 버텨야 하기 때문이다. 나는 그래서 언제 봐도 변함없이 그 자리를 지키고 있는 나무 같은 사람을 좋아한다. 그런 사람을 보며 내 나무의 뿌리를 더 깊은 곳에 내린다. 또 다른 나무가 되기 위해.

좋아하는
공간에 머물기

"날씨 좋은 날 한강 가서 치킨 먹자."

친구들과 언젠가 했던 약속. 사계절
을 몇 번이나 보낸 후에야 지키게 될 줄 몰랐다. 하루 전
날 즉흥적으로 잡은 약속이었다. 저녁 공기가 좋아서 걷
던 중에 한강 이야기가 나왔고, 마침 다들 별다른 일정이
없어 만날 시간과 장소만 대략 정했다. 쇠뿔도 단김에 빼
라고, 더 이상 망설이지 않았다. 다음에 시간 맞을 때 가

전보다 훨씬
행복하게

전보다
더는 후회 없이

자고 미뤘다면 올해 역시 가지 못했을 것이다.

예상했던 대로 주말의 한강은 사람들로 붐볐다. 앉을 자리를 찾아다니면서 수많은 사람을 보게 되었는데 하나같이 여유롭고 밝은 표정을 하고 있었다. 괜히 궁금해졌다. 다들 어떤 일상을 보내다가 온 사람들인지, 이 주말이 지나면 어떤 표정으로 일상을 보낼지. 나도 그들처럼 한강에 있는 시간 만큼이라도 여유롭고 싶었다.

꽤 걸었는데도 앉을 자리는 마땅히 보이지 않고 햇볕은 너무 뜨거워서 결국 오리배를 타러 갔다. 적당히 시간 보내기에 좋을 것 같았다. 핸들만 움직이면 되는 전동 오리배와 페달을 밟아야 움직이는 수동 오리배. 두 종류의 오리배가 있었다. 편한 건 당연히 전동 오리배지만 수동 오리배를 선택했다. 조금 힘들어도 이 또한 추억 한 칸에 담기지 않을까 싶어서.

쉽지 않았다. 원피스 차림으로 페달을 계속 밟는 것도, 파도에 흔들리는 배를 원하는 방향으로 움직이는 것도. 다른 사람들의 배와 여러 번 충돌했다. 전동 오리배를 탈걸 그랬다며 아쉬움을 토로했다. 그런데 점점 능숙해졌다. 첫 충돌에는 많이 놀랐지만, 어느새 적응되어 잇달아 일어나는 충돌에 놀라지 않았다. 대여 시간이 지나 반납하러 돌아가는 길에는 배를 제법 수월하게 움직였다.

인생도 비슷하다. 살면서 충돌할 일이 수없이 생긴다. 그러나 충돌에 적응하다 보면 어느 순간 노련해지고, 파도가 밀려와도 능숙하게 대처하고, 나아가는 법도 터득하게 된다.

나는 얼마나 더 충돌해야 하는 걸까. 이 정도면 웬만큼 살아온 인생이라고 생각했는데 나는 아직 가야 할 길이 멀었다. 세상과 충돌할 때마다 매번 놀라며 뒷걸음질치는 걸 보면.

배를 반납하고 앉을 자리를 겨우 찾아 돗자리를 폈다. 슬슬 배가 고파지기 시작했다. 떡볶이와 치킨을 주문해 놓고 B가 챙겨온 과자를 뜯었다. 평소에 그리 좋아하는 과자는 아니었는데 배가 고파서 그런지, 한강에서 먹어서 그런지 손이 멈추질 않았다. 앞으로는 이 과자를 먹을 때 한강에서의 기억이 떠오를 것 같았다.

과자를 반쯤 먹었을 때, 주문했던 음식들이 도착했다. 야외에서 무언가를 먹는 건 오랜만이다 보니 소풍을 나온 아이처럼 마음이 들떴다.

전보다 훨씬
행복하게

전보다
더는 후회 없이

"집에 가기 싫다."

먹는 내내 같은 말만 되풀이했다. 주로 칩거 생활을 하고, 외출만 하면 집에 가고 싶어 했던 내가 집에 가기 싫은 날도 있다니. 주말이 저물어가는 한강의 밤을 즐기는 사람들. 같이 시간을 보내고 있는 대상도, 평일에 살아갈 일상도 다 다르겠지만 마음만은 대부분 같지 않을까 싶었다.

함께 앉아 있는 사람과 늘 함께였으면 하는 마음, 행복하고 여유로운 이 시간이 지나가지 않았으면 하는 마음, 답답한 마음이 한강처럼 시원하게 뻥 뚫렸으면 하는 마음….

서울에 살게 된다면 여의도 근처에서 살고 싶다고 생각했다.

어른의
　　무게

　　　　나이가 들수록 웬만한 일에는 눈물
을 흘리지 않을 거라고 생각했는데, 오히려 눈물 마를 틈
이 없어졌다. 어렸을 때는 눈물이 나오면 그 자리에서 바
로 엉엉 울어버리기라도 했지. 이제는 참다 참다 겨우 쏟
아내도 마음이 편해지지 않는다.

　　시간 가는 게 두렵다. 어른으로서 책임감의 무게를 내
가 견뎌낼 수 있을지 모르겠다.

전보다 훨씬
행복하게

전보다
더는 후회 없이

즐거울
여유가 없어서

퇴근하면서 집 앞 슈퍼에 들렀다. 요즘 들어 퇴근길에 슈퍼나 편의점을 찾는 일이 잦아졌다. 먹고 싶은 게 딱히 없어도 몇 분 정도 서성이다 보면 과자든 아이스크림이든 사고 싶은 것이 생긴다. 평소처럼 몇 분 정도 서성이다 제티 한 박스, 아이스크림, 촉촉한 초코칩을 사서 집에 도착했다.

늦은 저녁을 먹으며 요즘 내가 군것질을 일삼게 된 원인이 무엇일지 곰곰이 생각해보았다. 아무래도 일상에 여

전보다 훨씬
행복하게

전보다
더는 후회 없이

유가 없어서인 것 같다. 노동으로 바쁜 일상에 가장 빠르고 쉽게 즐거움을 얻을 수 있는 건 군것질이었으니까.

어느 정도 삶에 여유가 있을 때에는 취미 생활도 큰 즐거움이었는데 그럴 여유가 없어지니 취미 생활은 짐이 되었다. 하고 싶은 것이 많고 열정적인 사람임을 늘 강점으로 내세웠던 내가 요즘엔 아무것도 하고 싶지 않은 의욕 없는 인간이 되어 있었다. 이 사실을 직면하자 괴로워졌다.

즐거울 여유가 없어서 금방 사라지는 작은 즐거움에 연명하며 근근이 살고 있다.

언제쯤 단단한
사람이 될까

　　　　자꾸만 내 한계를 정해놓고 현실에
기권을 선언한다. 예전 같았으면 "너 그거 할 수 있겠어?"
라는 말에 오기가 생겨서 어떻게든 그 일을 해냈을 텐
데… 지금은 그때 그 패기를 찾아볼 수가 없다. 나를 지
켜보고 있는 사람들에게 어딘가 기죽은 얼굴로 끊임없이
묻는다.

　"불가능이겠지? 내가 뭘 어떻게 해야 할까?"

전보다 훨씬
행복하게

전보다
더는 후회 없이

어느 순간부터 내 의견은 나에게도 존중받지 못했고, 도전과 열정이라는 단어는 내게 어울리지 않는 것이 되었다. 티끌만 한 상황 변화에도 사정없이 흔들린다. 언제부터 이렇게 나약한 사람이 되었을까.

불안하고 아슬아슬하게 인생의 한 중턱에 서 있다. 조금만 잘못 헛디디면 떨어질 수도 있는 곳이지만 포기하고 싶진 않다. 아직 깨지지 않은 믿음 하나가 있다. 무른 진흙이 정성스레 빚어지고 높은 온도에서 구워져 단단한 도자기가 되듯, 나도 시간이 지나면 언젠간 단단한 사람이 될 수 있겠지.

사소한 걱정이
나를 막아서

일어나지도 않은 일을 미리 걱정하는 게 습관이 돼서 걱정 없이 사는 법을 잊어버렸다.

사소한 걱정을 많이 하게 되면서 뭘 하든 자신이 없어 주저했다.

전보다 훨씬
행복하게

전보다
더는 후회 없이

미움
내려놓기

　　　　미움받는 것이 두려워서 나의 존재를 죽이면서까지 타인에게 맞추던 버릇은 어느 정도 고쳤다. 일찍부터 고쳤으면 좋았을걸. 내가 아무리 끼워 맞추려 노력해도 겉도는 사람들이 있음을 좀 더 빨리 알았으면 좋았을걸.

　미움이란 건 상당히 무서운 감정이다. 어느 정도로 미워하는지에 따라 다르겠지만, 누군가에게 미움의 감정을 품게 되면 그 대상을 마음속에서 계속 해친다. 마음에서

전보다 훨씬
행복하게

전보다
더는 후회 없이

멈추지 않고 실제로 폭력을 가하는 사람들은 미움이 걷잡을 수 없을 정도로 퍼진 사람이다. 마음속에서 누군가를 해치는 강도가 극도로 강해지면서 행동으로 나온 것이다.

누군가를 미워하지 않는 건 참 어렵다. 가만있는다고 해도 분명 가만있는 나를 건드는 사람이 한 명쯤은 있을 테니까. 그런데 사실 누군가를 미워하는 마음은 그 대상뿐 아니라 나를 해치는 일이기도 하다. 아니, 어쩌면 나를 더 해치는 일일 수도 있다. 내 마음에서 일어나는 일이니까.

그러니 미워하는 마음은 덜 품도록 노력해야지. 타인을 미워하는 것도, 나를 미워하는 것도 그만해야지.

내 몫의
선택

"해야 하는 일이 손에 잡히지 않아요. 어떻게 해
야 할까요?"

질문을 받았는데, 도통 답이 나오지
않았다. 사실 딱히 방법이 없다. 내가 어떤 답을 주든 결
국 선택은 본인 마음이니까. 억지로 어떻게든 해내거나,
그냥 포기하거나.

나는 해야 하는 일이 손에 잡히지 않으면 일단 놓고

전보다 훨씬
행복하게

전보다
더는 후회 없이

본다. 물론 아예 놓는 것은 아니고 반 정도만 잡고 있는다. 애매한 고통이긴 하다. 아예 놓으면 차라리 당장은 마음이라도 편할 수 있을 텐데….

그래도 이게 나에게는 제일 안전한 방법이라고 생각한다. 잡히지도 않는 일을 억지로 잡고 있으면 그 일에 알레르기가 생길 수 있고, 잡히지 않는 일이라고 하지 않으면 언젠간 후회하는 일이 생길 수 있으니까.

어쨌든 선택은 본인의 몫이다. 나이가 들수록 힘들어지는 건, 혼자 선택해야 하는 일이 많아지기 때문이라 했다. 어떤 선택을 하든 후회 없는 선택을 하기를.

지금 이대로가
가장 좋아요

       나와 웬만큼 대화를 나눠본 사람들은 내가 집을 얼마나 사랑하는지 안다. 집에 있는 것이 좋아서 약속은 한 달에 겨우 두세 번 정도 잡고, 필요한 물건이 생기면 하루 날 잡고 한꺼번에 다 사 오는 편이다. 주말에는 휴대폰도 비행기 모드로 해놓고 되도록 집 밖으로 나가지 않는다. 그런데 요즘에는 산책에 재미를 붙여 누구보다 열심히 밖에 나간다.

   마음이 답답해서 시작한 산책이었다. 누가 살짝만 건

드려도 흘러넘칠 것 같은 걱정들을 집에서까지 떠안고 있긴 싫었다. 집은 나를 제일 나답게 만들어주는 편안한 공간이기에 하루 종일 덮어쓰고 있던 먼지를 집에 가자마자 씻어내듯, 하루 동안 쌓인 걱정들도 어떻게든 씻어내야 했다.

오늘도 저녁만 먹고 빠르게 몸을 일으켰다. 좋아하는 노래 딱 두세 곡만 재생 목록에 담아놓고 정처 없이 걸었다. 걷기 좋은 날씨. 선선하게 부는 바람이 피부에 은근히 닿을 땐 누가 날 토닥여주는 것만 같아 마음이 평온해진다. 내가 지금 잘하고 있는 걸까, 어떻게 해야 최선의 선택을 할 수 있을까…, 온갖 질문에 대해 고민하다 보면 한 시간이 훌쩍 지나간다. "자신감 좀 가져요. 어깨도 쭉 펴고." 얼마 전 누군가에게 들은 말이 갑자기 떠올라 급히 어깨를 펴보지만 표정과 걸음에는 여전히 자신감이 없다.

뭐 하나 시원하게 답을 내지 못한 상태로 산책은 끝이 났지만 이상하게 마음은 한결 홀가분하다. 날씨라도 지금 이대로만 멈춰 줬으면 싶다. 마음이 답답할 때 어디든 나가 걸을 수 있게.

마음과 몸은
연결되어 있다

"어디 아파서 왔어요?"

"음…, 아침저녁으로 배가 자주 아프고 소화도
잘 안 돼요. 속이 막혀 있는 것 같을 때도 있고,
숨 쉴 때 갈비뼈 근처가 아플 때도 있어요."

병원에 다녀왔다. 원래 병원을 웬만하면 잘 안 가는 편
인데 몇 주간 피로가 쌓이면서 건강이 급격히 안 좋아진
것 같았다. 뭐 때문에 아픈지, 어디가 어떻게 아픈지 분

전보다 훨씬
행복하게

전보다
더는 후회 없이

명하게 아는 건 아닌데 계속 몸 어딘가가 불편했다. 증상이 애매했기 때문에 의사도 별말하지 않고 소화 관련 약만 처방해주었다.

점심을 먹으려고 한 순댓국집에 들어갔다. 들어가자마자 구석진 곳을 찾아 자리를 잡았다. 테이블 위에 밑반찬이 제일 먼저 깔렸다. 그동안 손도 대지 않았던 반찬들이 이상하게 자꾸 신경 쓰였다.

"고기만 먹으면 혈관 막혀."

성인이 되어서도 편식이 심한 나에게 엄마는 지겹도록 말했다. 네가 편식할 나이냐고. 나는 어릴 때부터 내 입맛에 맞지 않는 건 한 입조차 먹기 싫어했다. 얼마나 싫어했으면 가루약과 물약이 싫어서 알약을 먹기 시작했고, 체했을 때는 역한 냄새가 나는 소화제를 삼키기가 싫어서 매번 손을 땄다.

그랬던 내가 웬일로 밑반찬을 싹 비웠다. 편식하지 않고 뭐든 잘 챙겨 먹는 것이 건강을 위해 제일 쉽게 할 수 있는 일이다. 건강할 때 몸을 챙겨야 한다는 생각이 들었다.

하루 일과를 마치고 집에 와서는 영양제를 챙겨 먹었다. 영양제를 먹어서 눈에 띄는 효과를 본 적은 없지만,

챙겨 먹어서 안 좋을 건 없겠지. 이제는 입맛에 맞지 않는 것이어도 건강에 좋다는 건 되도록 먹어보려 한다.

살다 보면 하고 싶지 않아도 살기 위해 해야 하는 일들이 있다.

전보다 훨씬
행복하게

전보다
더는 후회 없이

나에
집중하기

관객으로 가득 찬 무대에 마지못해 서 있는 것 같았다. 모든 시선을 혼자 받느라 아무것도 하지 못하고, 이미 여러 번의 실수로 기가 죽어 멀뚱히 서 있는 내 모습이 떠오른다. 내가 실수라도 하면 기다렸다는 듯 다들 수군거리고 질책할 것만 같다. 너무 힘겨워 주변을 살짝 돌아보니 많은 사람이 무대 공포증에 시달리고 있었다. 나만 그런 줄로만 알았는데 그들도 빈번히 실수하고 좌절했던 것이다.

하지만 그 와중에 무대를 멋있게 마치는 사람들도 있었다. 무대 공포증을 극복하고, 실패와 좌절에도 무대를 끝까지 놓지 않은 사람들이다. 아주 완벽한 무대는 아니더라도 각자의 느낌 대로 무대를 끝낸 그들을 보면, 나도 한번 끝을 내보고 싶은 마음이 든다. 내 느낌대로, 나만의 무대를.

관객들보다 나에게 더 집중하기로 했다. 나에게 부끄럽지 않은 무대를 만들어나가다 보면 관객들도 내 무대를 인정하게 되지 않을까.

전보다 훨씬
행복하게

전보다
더는 후회 없이

응원의
말

어떤 것에도 위로받을 수 없을 정도로 마음이 많이 지쳐 있는 상태다.

요즘에는 타인의 위로보다도 목표를 이루어낸 미래의 내가 불안에 떨고 있는 지금의 나에게 딱 몇 마디만 건네줬으면 싶다.

조금만 더 힘내보자고. 얼마 안 남았다고

장담하건대 너는 꼭 잘될 거라고.

열심히 한 자신을
인정해주세요

새해 첫날, 꼭 하는 일이 있다. 다이어리 맨 뒷장에 한 해 동안 하고 싶거나 갖고 싶은 리스트를 적는 일이다. 생각나는 대로 죄다 적는 게 핵심이다. 적다 보면 한 해 동안은 무리겠다 싶은 것들도 있지만 괜찮다. 무리라고 생각했던 일을 완수하여 형광펜으로 쭉 칠해버릴 때의 그 뿌듯함은 이루 말할 수 없다.

3년간 리스트를 적어왔지만, 리스트의 모든 항목에 형광펜을 칠한 적은 아직 한 번도 없다. 적을 때부터 어느

전보다 훨씬
행복하게

전보다
더는 후회 없이

정도 예상했던 바였기 때문에 딱히 실망은 안 한다. 내가 리스트를 매년 적는 이유는 "나 이거 다 해냈어." 하고 자랑하기 위함이 아닌 "그래도 올해 나 뭐 하나라도 했어." 하고 나를 격려해주기 위함이다.

오랜만에 여유롭고 행복한 밤. 편안한 마음으로 다이어리를 천천히 적다가 맨 뒷장을 펴 봤다. 형광펜이 지나간 자리를 들여다보며 뿌듯함과 함께 의욕이 피어올랐다.

매 순간 잘 살지는 못했지만 열심히 살려고 노력했다.

하루 종일 꼬인
이런 날에

　　　　　날씨가 급격히 더워진 주말, 모처럼
반팔 블라우스를 입고 집을 나섰다. 아무리 더워졌다 해
도 아직 아침에는 좀 추울 것 같아서 겉옷을 챙길까 말까
고민하다 그냥 나왔는데, 챙겨 나올걸 그랬다. 생각보다
흐린 날씨였다. 버스에 타자마자 바람 때문에 헝클어진
앞머리를 대충 빗어 내렸다.

　오전 내내 몸이 으슬으슬하고 재채기가 나오더니, 오
후에는 계속 훌쩍거렸다. 어떻게든 여름을 부정하고 싶

전보다 훨씬
행복하게

전보다
더는 후회 없이

어서 반팔을 최대한 늦게 꺼내 입는 사람이 5월 중순부터 반팔을 꺼내 입는다는 건 진짜 흔치 않은 일인데. 하필이면 오늘은 낮에도 해 없이 바람만 불었다.

꼭 그랬다. '이번에는 잘해봐야지.' 하고 굳게 다짐하면 갑자기 일이 틀어졌고, '이제는 어떤 감정도 없이 후련해졌다.'라고 하면 어떤 사람이 혹은 어떤 추억이 내 속을 다시 비집고 들어왔다. 뜻하지 않은 일이 생길 때마다 한 치 앞도 내다볼 수 없는 인생이 어렵게 느껴졌다.

가치

나에게는 가치 없다고 생각되는 것이 누군가에게는
가장 가치 있는 것일 수도 있다.

전보다 훨씬
행복하게

전보다
더는 후회 없이

인생의
BGM

　　처음에 흥미롭게 봤던 영화가 다시 볼 땐 지루하게 느껴지거나 처음에 지루하게 봤던 영화가 인생작으로 남기도 한다. 영화는 변한 것이 없다. 그 영화를 감상하는 나의 생각과 마음이 바뀐 것이다.

　　2014년 개봉한 〈비긴 어게인〉은 그 당시에 꽤 히트를 쳤다. 영화의 OST는 가는 곳마다 들렸다. 그 영화가 궁금해졌고, 엄청난 기대를 하고 봤던 기억이 난다. 너무 기대하고 봤던 탓인가. 결과부터 말하자면 지루하고 감흥이

전보다 훨씬
행복하게

전보다
더는 후회 없이

없었다. OST는 TV에서도, 카페에서도 자주 들렸다. 좋았으나 영화에는 매력을 느끼지 못했다. 나는 그때 한창 스릴러물이나 반전의 결말이 있는 영화를 좋아했기 때문이다. 4년이 지난 2018년 아무 생각 없이 〈비긴 어게인〉을 다시 봤다. 전에 봤을 때와는 확연히 다른 느낌이었다.

회사에서 해고된 댄이 뮤직바에서 그레타의 음악을 듣고 포기하려던 삶을 다시 붙잡았을 때, 댄과 그레타가 밴드를 결성하고 뉴욕의 거리를 옮겨 다니며 음반을 제작할 때, 이혼 후 사이가 멀어졌던 댄과 그의 딸 바이올렛이 음반 작업을 하며 가까워질 때. 벅찬 감동을 느꼈다.

회사에서 해고됐지만 새로운 음반으로 삶을 다시 시작한 댄을 보며, 바보처럼 사랑한 데이브를 정리하고 사랑을 다시 시작했을 그레타를 보며 큰 힘을 얻었다. 일에서든, 사랑에서든 어떤 실패가 와도 다시 시작하면 될 것 같았다.

〈비긴 어게인〉에 대한 평가가 바뀐 것은 내가 영화 속 인물들의 마음을 헤아릴 수 있게 되어서가 아닐까. 이전에 낮은 평가를 했던 영화들을 시간 내서 다시 봐야겠다고 생각했다. 그때는 이해하지 못했던 인물들의 마음을 이제는 이해할 수 있을지도 모르니.

댄과 그레타가 나눴던 대화들 중에 제일 마음에 와닿았던 대화를 적어본다.

> "난 이래서 음악이 좋아."
> "왜요?"
> "지극히 따분한 일상의 순간까지도 의미를 갖게
> 되잖아. 이런 평범함도 어느 순간 갑자기 아름답
> 게 빛나는 진주처럼 변하거든. 그게 음악이야."

지극히 따분하고, 평범하고, 힘겹기까지 한 일상을 보내고 있는 시기에 본 〈비긴 어게인〉은 내게 너무 특별했다. 잠깐이라도 일상이 아름답게 빛나는 것 같았다.

전보다 훨씬
행복하게

전보다
더는 후회 없이

의욕

아직 끝을 맺지 못한 일도 한가득인데 괜히 마음만 앞서서 자꾸만 새로운 일을 벌여 놓게 된다.

일이 잠시 잘 풀리지 않을 수도 있는 건데 조급한 마음으로 자꾸만 끝을 맺지 못하고 일을 놓게 된다.

충고는
사절

　　　　타인의 평가와 충고에 불쾌할 때가
있다. 살아온 환경에 따라 사람 성향에 조금씩 차이가 생
기듯 사고방식에도 당연히 차이가 생길 수밖에 없다. 그
런데 가끔 몇몇 사람들은 자신의 생각으로 나를 빠르게
판단하고, 나를 '어떤 사람'으로 단정 지어 평가했다.

　그들에게 나는 어떤 사람으로 평가되었는지 잘은 모
르겠지만, 솔직히 어떤 평가든 썩 기분이 좋지만은 않다.
좋은 평가를 했든, 나쁜 평가를 했든 나라는 사람을 주의

전보다 훨씬
행복하게

전보다
더는 후회 없이

깊게 오래 보고 평가하지는 않았을 테니까. 가까운 사람들보다도 가깝지 않은 사람들이 오히려 더 나에 대해 잘 아는 사람인 것처럼 말할 때가 있다. 그들에게 '안 그래도 복잡한 세상살이인데 굳이 나에게까지 관심 가져주지 않아도 된다'라고 말하고 싶다.

　가장 가까운 곳에서 같이 살아온 가족도, 오래 알고 지내온 친구도, 심지어는 나도 내가 어떤 사람인지 완전히 알지 못하는데 나를 얼마나 잘 안다고. 뭐, 평가는 알아서 하라고 백번 양보한다고 해도 내 삶에 대해 섣불리 왈가왈부하지는 말기를. 내가 걱정돼서 충고하는 거라며 뱉은 말이 나에게는 불쾌할 수 있고, 부담이 될 수 있다는 것을 알아주기를 바란다. 단순히 충고를 듣는 것이 싫다는 것은 아니다. 귀를 틀어막고 내 뜻대로만 살겠다는 것이 아니다. 충고를 하기 전에 적어도 충분히 내 입장에서 깊이 생각하고 이해하려는 노력이라도 해달라는 것이다.

분명 있다,
나를
인정해주는 사람이

내가 가진 색으로 당당하게 살자. 다른 색이 부럽다고 어중간하게 여러 가지 색을 섞다가 내가 가진 색마저 잃어버리지 말고. 내가 가진 색이 분명할 때, 그 색을 인정해주는 사람도 생긴다. 어떤 색이든 누군가에게는 사랑받으니 늘 자신 있게 살자.

전보다 훨씬
행복하게

전보다
더는 후회 없이

조 금 더,
한 걸 음 더

　　해야 할 일은 산더미 같은데 어느 하
나 제대로 마무리되는 것이 없다. 모든 일에 지쳐 잠시
쉼을 가지고 싶은데, 나만 같은 자리일까 봐 그러지도 못
한다.

　아무것도 하고 싶지 않은 마음 상태로 무언가를 하려
니 하던 일은 흐지부지되고, 그게 두려워서 뭐라도 하려
고 이 일 저 일 발만 담가보기 일쑤다.

　앞에서 누군가가 나를 끌어줬으면 하는 요즘이다. 마

둘

전보다 훨씬
행복하게

전보다
더는 후회 없이

음 같아서는 당장이라도 철퍼덕 주저앉아 멈춰 있고 싶
지만, 지금은 멈춰도 될 시기가 아님을 알기에.

다른 누구도 아닌
나 자신

　　　　　　내가 아프고 괴로울 때 고통을 가장
먼저 느끼는 사람은 나다. 내가 무엇을 좋아하고 싫어하
는지, 무얼 할 때 행복해지는지 가장 많이 아는 사람도
나다. 내 비밀을 가장 많이 알고 있는 사람 또한 나다. '나
도 나를 잘 모르겠다'는 말을 입에 달고 살아왔지만, 그
래도 나를 제일 잘 아는 사람은 나였다.

　세상 모든 사람이 나의 실패와 부족함을 질타하고 돌
아설 때 나만큼은 나를 안아줄 수 있기를, 내가 어떤 상

전보다 훨씬
행복하게

전보다
더는 후회 없이

황에 놓여 있든, 어떤 모습을 하든 나라는 이유 하나만으로 당당할 수 있기를, 타인을 지나치게 배려하느라 나를 챙기지 못하는 일이 없기를 바란다.

　나를 가장 아끼고 사랑하는 사람이 다른 사람이 아닌 내가 될 수 있기를….

삶의 짐이
무거워질 때

어떤 것들이 너를 그렇게 힘들게 하느냐고 누군가 물어본다면 먼저 나를 지켜보고 있는 사람들이라고 말할 것이다. 그 사람들 중에는 내가 무엇을 하든 나를 응원해줄 사람이 있을 것이고, 어떻게든 내가 하는 일에 사사건건 간섭을 하며 훈수를 두고자 하는 사람이 있을 것이고, 내가 이루어내는 것에 따라 나를 다르게 대할 사람도 있을 것이다.

어느 쪽에 속하는 사람이든 부담되고 힘든 건 사실이

전보다 훨씬
행복하게

전보다
더는 후회 없이

다. 내가 지금 하고 있는 일에 실패가 뒤따른다면 나를 응원해주었던 사람에게는 미안함이 생길 것이며, 나에게 훈수를 두고자 하는 사람에게는 훈수와 함께 오는 손가락질에 자괴감이 들 것이다. 내가 이렇게 몹시 불안하고 힘든 이유는 나보다도 나를 지켜보고 있는 사람들 때문일 때가 많다.

그다음으로는 지쳐 있는 나를 볼 때 힘들다. 지쳐서는 안 되는 시기인데 극도로 지쳐서 어느 것에도 손을 대지 못하는 내 모습을 마주할 때면 전부 내려놓고 싶어진다. 실패하기 전에 내가 먼저 내려놓는다면 덜 힘들지 않을까. 그러나 지금까지 해온 것이 너무 많아서 내려놓을 수도 없다.

노력한 만큼 결과가 나오지 않을까 봐 두렵다. 결과보다는 과정이 중요하다는 말을 오롯이 이해하는 것이 이토록 어려운 거였다니. 불안함과 두려움의 굴레에서 하루빨리 벗어나고 싶은 요즘에는 힘들다고 말하는 것조차 힘이 든다.

귀하고
예쁜 마음

　　　　　아는 언니에게 선물로 받은 차를 내
려 마셨다. 차 세트를 선물해준 언니는 웹툰 작가인데 작
업이 안 될 때면 차를 마시는 습관이 있다고 했다. 내가
좋아할지 모르겠지만 공기도 차가우니 따뜻한 선물이 되
었으면 한다는 메시지와 함께 보내준 선물이다. 그 말이
문득 생각나서 글 작업을 시작하기 전에 차를 내려 마신
것이다.

　　차를 싫어하는 것은 아니지만 즐겨 마실 만큼 좋아하

전보다 훨씬
행복하게

전보다
더는 후회 없이

지도 않았는데 어쩐지 앞으로는 작업이 안 될 때, 날씨가 추워질 때마다 차를 찾게 될 것 같다. 언니는 비싸고 좋은 선물은 아니라고 말했으나, 나에게는 오래 기억되는 선물 중 하나로 남을 것 같다.

모든 선물은 귀하지만, 더 기억에 남고 마음이 가는 선물들이 있다. 값비싼 선물보다도 나에 대해 몇 번 더 생각하며 고민했을 선물을 좋아한다. 물질적인 것보다도 나를 생각해주는 그 마음이 귀한 게 아닐까.

오늘을 마지막처럼,
쉽지 않지만

생의 시작은 예측하고 준비할 수 있지
만, 생의 끝은 그럴 수 없다. 어떠한 병이 발병된다 하여도
그 병을 이겨낼 수 있을지의 여부를 매우 정확히 알 수 없
다. 생의 마지막 순간이 언제가 될지 예측할 수 있다면 어
느 정도 긴장을 풀고 살 수 있을 것이다. '아직 시간은 좀 있
으니까'를 이유로 마음 놓고 나태해질 것이며, 사랑하는 사
람들에게 사랑을 표현하는 일도 미루게 될지 모른다.

그러나 현실은 마지막 순간이 언제 어떻게 올지 예측

전보다 훨씬
행복하게

전보다
더는 후회 없이

할 수 없다. 그래서 많은 사람이 죽음을 두려워하는 것이 겠지. 탈진 상태에 이르렀음에도 지금 짊어진 짐들을 쉽게 내려놓지 못하고 어떻게든 버텨보려는 것도 마지막을 예측하지 못하는 데서 오는 두려움과 불안함 때문일 것이다.

나는 혼자 죽는 것에 두려움이 있었다. "내가 결혼을 하고 싶은 이유는 고독하게 죽고 싶지 않아서야. 죽는 순간에 쓸쓸하고 싶지 않아서야."라고 주변에 지겹도록 이야기했을 정도로. 그런데 며칠간 다시 죽음에 대해 골똘히 생각하다가 그것보다 더 두려운 것이 생겼다.

마지막 순간, 나는 소중한 사람에게 어떤 흔적들을 남기게 될까?

살면서 좋은 흔적들만 남기고 살 수는 없겠지만 마지막 순간만큼은 좋은 흔적만 남길 수 있었으면 좋겠다. 따뜻하다 못해 데일 정도로 뜨겁게 사랑을 표현할 시간이 주어졌으면 좋겠다. 그동안 고마웠고, 아주 많이 사랑했고, 평생 그럴 것이라고 표현할 수 있도록.

오늘이 마지막인 것처럼 산다는 건 참 어려운 것 같다.

시간이 지나길
기다리는 것도

이유 없이 내리기 시작한 우울이 아직도 멈추지 않는 걸 보니 마음에 기나긴 장마가 온 듯하다. 별거 아닌 일에 웅덩이가 생기고 그 웅덩이에 빠져 축축해지는 요즘이다. 어둠이 짙어지는 시간마다 고인 우울을 어찌 해야 할지 궁리해보았으나 마땅히 흘려보낼 곳이 없다. 마음에 찾아온 장마가 지나가고 웅덩이에 고인 우울이 저절로 알아서 흘러가기만을 바랄 뿐 당장 내가 할 수 있는 건 없었다.

전보다 훨씬
행복하게

전보다
더는 후회 없이

내가 살고 싶은 인생, 지금 당신에게 주어진 삶 때문에
당신이 정말 살고 싶었던 삶을 잊어버리지 말아요.
살고 싶었던 삶이 당신에게 주어진다면 그 삶을 잃어버
리지 않게 꼭 붙잡고 살아요.

너무
마음 쓰지 마

종종 과거를 추억하다가 그리움이나 아쉬움 같은 것들 때문에 돌아가고 싶은 시절에서 멈추게 된다. 하지만 과거로 돌아가 다시 그 시절을 보내라고 한다면 그러고 싶지는 않다. 지금이야 그립고 아쉬운 마음이 들지만, 그때 당시에는 힘들고 어려운 일들 때문에 도망치고 싶을 때가 많았으니까.

그때는 사소한 것까지 신경 쓰고 걱정하느라 마음 편했던 적이 없었던 것 같다. 무례한 사람이 하는 말에 상

전보다 훨씬
행복하게

전보다
더는 후회 없이

처도 받았고 사람들과 멀어지는 것을 두려워했다. 사실
대부분 무시하거나 익숙해지면 그만인 것들이었는데….

그때의 나를 만날 수 있다면 이렇게 말해줄 것이다.

"사소한 것들 때문에 힘들어하지 마."

먼 훗날의 나도 지금의 나에게 그렇게 말해주고 싶겠
지. 사소한 것들 때문에 너무 마음 쓰지 말자. 나를 힘겹
게 하는 사람들은 되도록 무시하면서, 인연이 아닌 사람
들과 멀어지는 것에 익숙해지면서 살자. 과거를 떠올렸
을 때 아쉬움이나 힘듦이 떠오르지 않게 지금의 행복을
최대한 많이 껴안고 살자.

언제쯤
모든 걱정을
멈출 수 있을까

초판 1쇄 인쇄 2021년 2월 5일
초판 1쇄 발행 2021년 2월 10일
지은이 권서희

펴낸이 남기성
책임 편집 하진수
디자인 그별

펴낸곳 주식회사 자화상
인쇄,제작 데이타링크
출판사등록 신고번호 제 2016-000312호
주소 서울특별시 마포구 월드컵북로 400 서울산업진흥원 201호
대표전화 (070) 7555-9653
이메일 sung0278@naver.com
ISBN 979-11-91200-17-1 03810